TO

舞璃花の鬼ごっこ

真下みこと

TO文庫

目次

舞璃花の鬼ごっこ

プロローグ

終わりの見えない悲しみと引き換えに、ありふれた平穏を手に入れられるとしても、私はこの道を選ぶだろう。

あなたがいなければ、私たちはこんなに苦しまなかった。

あなたがいなければ、私はこんなことを思いつく必要もなかった。

あなたがいなければ、私は彼らとも出会わなかった。私に、巻き込むようにして。

私はあなたを、ずっと恨んできた。

私はあなたを、絶対に許さない。

第一章

1.

マリカ　四月

画面のうるささに顔をしかめながら、私はTwitterで文字を打ち込んでいた。
【舞璃花：みんなおはよー！☆　舞璃花だよ！（リプライは今から三十分後までなら自動返信します！☆）】
【うみりん：舞璃花ちゃんおはよ】
【はる@AITuber垢：おはよん】
【春山杉郎：今日はお休み？　何するの？】
金髪ツインテールの無垢なアニメ顔の美少女から何か一言でも欲しいらしく、彼らは必死で返信してくる。字面だけ眺めて、このうちの一体どれくらいの人が、作戦に協力してくれるのだろうかと思った。この中に、彼らはいるのだろうか。
もしもみんな、私の表面的な部分だけを好きだったら。もしもみんな、私の中身には興味がないのだとしたら。そんな確率は少しでも低くしておかなくてはいけなかった。
だから、私は必死になって完璧な可愛い女の子を演じて、彼らにひと時の夢を提供している。
【舞璃花：今日も一日、がんばろー！☆】
そう書いた後でコメントに一つずつリプライを飛ばす。
【うみりん：舞璃花ちゃんおはよ】
【舞璃花：＞うみりん　おはようみりん！☆　今日も一日笑顔で頑張るりん！☆】
【はる@ＡＩＴｕｂｅｒ垢：おはよん】
【舞璃花：＞はる@ＡＩＴｕｂｅｒ垢　おはよん！☆】
【春山杉郎：今日はお休み？　何するの？】
【舞璃花：＞春山杉郎　今日は秘密のお仕事！☆　なんてね、撮影だよ！☆】
返し終わったツイートにいいねをつけていくと、画面の一部が赤くなる。ハート型にくり抜かれたみたいで、向こう側が覗ける気がした。
別に、覗きたくないけれど。
画面を見続けて目が乾いたので目薬を三滴くらいさした。お母さんがこの前買ってきてくれたやつ。若干染みる。
パーカーの袖で目を拭いて画面を再び見ると、リプライの勢いは衰えていた。私は全部に対して適当に返した。

　私は厳密にはニートじゃないけど、世間的に見ればニートだ。今やっている仕事は、お父さんには認めてもらっていない。

　ＡＩＴｕｂｅｒというのは、私が作った造語で、自分の声をもとに音声ソフトで作った自動音声を使ったＹｏｕＴｕｂｅｒのこと。ＡＩとつけたのは、自動音声だからそれっぽく見えるかな、と思ったのと、流行りものだから注目されると思ったからだ。

　一年くらい前から始めて、今では最古参。もともと読書が好きだったので読んだ本の感想を上げる読書系ＡＩＴｕｂｅｒとして活動を始めた。その頃はライバルが少なくて、気づいたら人気ＡＩＴｕｂｅｒの一人になっていた。

　私のＡＩＴｕｂｅｒ「舞璃花」は、動画でのトークもＴｗｉｔｔｅｒのリプライも自動ということになっていてそこが売りだけど、実際はほとんど自分でやっている。お母さんに自動テキスト出力のソフトを買ってもらって試してみたけど、あまりのレベルの低さにびっくりして、だったら自分でやった方が早いと思ったのだ。

　だからファンのリプライにはすぐに返さないといけないし、本を適度に褒めて適度にディスる放送内容を毎日考えないといけないし、ということは本を毎日読まなきゃいけないし他のＡＩＴｕｂｅｒとのコラボもあるしで、なんだかんだ結構忙しい。

　ＹｏｕＴｕｂｅからの収益も最近は結構な額になってきて、国民健康保険ともらえるかわからない年金くらいは自分で払えるようになり、お母さんは自立への第一歩、と喜んでいた。でも、こんなことがいつまで続けられるのかなんてわからないのだと、私たちは気づいている。

すでに朝の投稿から三十分が経っていた。リプライをするツイートには、「リプライは今から三十分後までなら自動返信します！☆」と書いてある。だって自動じゃないから。私が全部やってるから。

残りのツイートにリプライを飛ばして、全員に返信したかの最終確認をした。投稿から三十分後までのリプライに私のいいねがついていれば、つまりツイートのハートが赤くなっていたらセーフ。

「よし」

時間限定で返信をするという方法はほかのＡＩＴｕｂｅｒから非難されていたし、ファンのウケも悪かったけど、この返信のクオリティーを落とさないため、ということにしてある。本当の事だけど。

「さて、次は個人営業」

私はＬＩＮＥを開いて、お気に入りに登録されている安田凛子(やすだりんこ)、高山一郎(たかやまいちろう)、三村香奈(みむらかな)、津野田秀樹(つのだひでき)と書かれたトークルームに、それぞれ「おはよう！☆」と送った。

Ｔｗｉｔｔｅｒでの活動は公開営業のようなもので、ＬＩＮＥでの活動は個人営業、と私は呼んでいる。この四人は、私が作る物語の登場人物。いや、主役と言っても過言ではない。

ブーッ、とバイブ音がした。誰かから返信が来たみたいだ。

秀樹くんからだ。

【津野田秀樹：舞璃花おはよう】

【舞璃花：おはよう！☆　元気？☆】

私は手元のノートの津野田秀樹と書かれたページを開いた。名前はさすがに覚えているけれど、細かいエピソードを間違えてはいけないので、やり取りで手にした情報は適宜ノートにまとめていた。

学校の先生にいじめられて、今はフリースクールに通っている男の子。ひどいものでは先生からの性的ないじめもあった。セクハラ、とかいじめ、とかで済ませるにはひどすぎる内容で、最初聞いた時は頭がくらくらした。

【津野田秀樹：まあね。でも今日スクーリングだからテンション下がりぎみｗ】

【舞璃花：そっかー。あんま無理しないでね！☆　行けなそうだったら誰かに相談するんだぞ！☆】

「ビックリマーク、星」と私が言い終わると、ポン、という音と一緒に、スマホが私の音声をテキストに変えていく。個人営業では、より気持ちが伝わりそうだという理由で音声入力を使うことが多い。傍から見たら、私は手元の小さな画面に向かって一人で話している、ちょっと不気味な女の子だ。

【津野田秀樹：それはそう。無理そうだったら絶対休むけど今日はやばいテストだからいくつもりw】

【舞璃花：秀樹くん偉すぎて舞璃花倒れそう！☆】

私は自分でデザインした舞璃花モチーフのスタンプから「舞璃花、感激！☆」と書かれたものを送る。

【津野田秀樹：大袈裟ww　とにかく頑張るー】

【舞璃花：さすがに言いすぎました！☆　応援してるぞ！☆】

「ふう」

ため息とも深呼吸ともいえない息を吐きだして、私はそのトークルームを閉じる。

なんというか、問い合わせとかの返事を自動化したい気持ちがよくわかる。この前ゲーム機を修理に出そうと思ったら自動返信のへんてこな答えが返ってきてイライラしたけど、こんなに無限に来るメッセージを全部人が返していたら、担当者が何人いても足りない。公開営業のように割り切ることができればいいけれど、相手の人となりをかなり知ってしまっているため、うまく気持ちを消化できない。

部屋にあるいつのだかわからないペットボトルの水を飲んで、少しだけ休憩した。
「ほかに誰かから返事来てるかな……」
そう呟いて画面を見ると、香奈ちゃんから返信が来ていた。
【三村香奈：おはよう、舞璃花】
【舞璃花：おはよう！☆　香奈ちゃん！☆】
ノートの三村香奈、と書かれたページを見る。そうだそうだ、この子は高校を中退してお母さんと喧嘩中だった。中退するときはニートになってもあなたは大切な娘だ、とか言ったのに、いざ中退するとこの先どうするの、の繰り返しらしい。その中退の理由が部活でのいじめらしいから、いじめていたやつ以外は誰も悪くないのだ。
【舞璃花：お母さんと仲直りできそう？】
【三村香奈：自信ないや】
【舞璃花：時間が解決してくれることもあるから、あんまり焦らないよーに！☆】
【三村香奈：だよね。私だけが悪いわけじゃないし】
この子、本当に気が強い。ここで私だけが悪いわけじゃないという発想は、強いとしか表現できない。いじめられた、と言っていたけど、もしかしたら戦いに負けた系の中退なのかもしれない。
一呼吸おいてから、頭の中に浮かんだ文章を声に出す。

【舞璃花：今日も一日、香奈ちゃんが笑顔ですごせますよーに！☆】

【三村香奈：頑張ってみる。ありがとう】

「頑張りすぎないくらいで、頑張るんだぞ！☆」と書かれたスタンプを私は送った。

頑張れ、と言いづらいけど頑張れとしか言えないとき、この言葉はすごい便利。

「起きてるのー？」

リビングから声がした。

「起きてる」

小さい声で言ったから、あまり向こうには聞こえてないだろう。まあいいや。

私は凛子さんからの返信がないか確認した。あ、やっぱりあった。

【安田凛子：舞璃花ちゃん、今日も起きられて偉い！】

【舞璃花：舞璃花、バカにされてる……？】

この人はさっきの二人みたいに自分の事ばかり話すんじゃなくて、いつも私のことを気にかけてくれる。

【安田凛子：そういうことじゃないわよ、舞璃花ちゃんと今日も話せて、私はとても嬉しいの】

【舞璃花：ならよかった！☆　舞璃花、今日も一日頑張りまーす！☆】

さっき香奈ちゃんに送った「頑張りすぎないくらいで、頑張るんだぞ！☆」と書かれたスタンプが送られて来た。私のスタンプを買ってくれているのは、今のところこの人だけだ。

結局、ファンと言いながら、みんなが欲しがるのは私の無料で使える部分ばかり。有料で文章を配信してみたら動画の再生回数の百分の一も買われなくてびっくりした。私もほかのＡＩＴｕｂｅｒが好きだったとしても、お金は出さない気がする。ちょっとへこんだけど。

【安田凛子：作戦はどう？】

【舞璃花：まだ書いてる途中……。でもたぶん大丈夫！☆】

【安田凛子：頑張ってるね】

私は「舞璃花にまかせろ！☆」と書かれたスタンプを選んで画面に表示した。これでいいか。

送ったと同時にリビングからお母さんの声がした。

「起きてるんだったら朝ごはん食べなさいよー！」

「もうちょっとしたら食べるー！」

こんなに大声出さなくてもお母さんには聞こえるとは思うんだけど、念のため。聞こえてなかったら困るし。

「すぐ行くからー！」

　そう叫んだ私はスマホを見て、送り忘れた人がいないかチェックする。あ、高山さんから返信が来てる。

【高山一郎：舞璃花さん、お早うございます】

「この人ずっと文章が硬いんだよねぇ」

　そう呟きながら、私は返信の文章を打ちこむ。コツは、全力で相手に合わせること。この人は変換の癖もあるから、音声入力をするわけにはいかない。

【舞璃花：高山さんお早うー！☆】

【高山一郎：今日は病院に行ってこようと思います】

【舞璃花：そーなんだ！　お薬減るといいね！☆】

【高山一郎：そうですね。ただ、こればかりは体調との兼ね合いですので】

　ちなみに病院というのは心療内科。この人は会社の上司にひどくいじめられてうつ病になってしまったらしい。

【舞璃花：それもそうだよね！☆　高山さんの一日が昨日よりもいいものでありますよーに！☆】

【高山一郎：はい。しかしながら昨日よりもいい一日だったと考えてしまうことは昨日の否定、ひいては今日の否定、ひいては自分自身の否定にもつながると考えてしまうのですが如何(いかが)でしょうか】

何を言っているのかよくわからないので、とにかく適当に合わせて返信する。

【舞璃花：それもそうだよね！☆　じゃあ舞璃花のお願い変えてもいいかな？　高山さんが、今日も一日嬉しい気持ちで過ごせますよーに！☆】

【高山一郎：はい。ですが嬉しい気持ちで過ごすことを他人に強要されることは自分にとってストレスになってしまうのですが如何でしょうか】

私はイライラを抑えて返信する。この人、何を言ってもネガティブに返してくる。

これじゃあ、どっちがAIなのかわからない。

「舞璃花わかんなーい！☆」と書かれたスタンプを送っても、「わからない、と簡単に認めてしまってよいのでしょうか」と返されたので、私は一日中これに付き合うことに決めた。だって、この人は計画に必要な人だから。そうでなかったらここまで親切にしない。


一通り営業が終わってリビングに行くと、お母さんしかいなかった。

「お父さんは？」

「仕事に出かけた」

「そりゃそうか」

適当によそった朝ご飯を食べていると、「またいじめで自殺」というひどいタイトルのニュースが流れてきた。

「自殺なんてする必要ないのにねぇ」

お母さんが本当に悲しそうな顔をしてテレビの方を見る。

『また新学期の〝いじめ自殺〟ですか。いじめなんかで自殺する必要ないのに、どうして気づけないいんですかね』

元いじめられっ子を名乗るコメンテーターが、お母さんが言ったのと似たようで全然違うことを言った。実はこの人は元いじめっ子で、誰かの復讐としていじめられたんじゃないか、とすら思える。

またいじめで自殺、っていうタイトルを考えた人はきっといじめっ子だし、いじめ、って言葉を使えば犯罪行為を矮小化できると気づいていじめって言葉を積極的に使う人も、きっといじめっ子だ。

みんな、許せない。

いじめをする人も許せない。いじめられっ子を責める人も許せない。それでお金を稼ぐ人も許せない。だけど、一番許せないのは……。

お味噌汁をすすりながら、私はテレビに向かって呟く。

「舞璃花の鬼ごっこ、はじまるよ」

2.　レイナ　六月

雨の降る音が、傘を突き刺すみたいに耳に響く。響いた音が耳と耳の間でぶつかって、はじけるようにして私の心に影を落とす。

もうすぐ六月も終わるというのにスーツを着ているのは、今日の授業では私だけだった。教室にいたみんなは髪を明るく染め直し、卒業旅行の話題に花を咲かせていた。

どうして私だけがスーツを着て、未だに就活を続けているのだろう。同じサークルで同じ学部の咲子もすみれも就活は終わっているのに。

いや、その理由はもうわかっている。

後ろから聞こえる音のせいだ。しつこくついてくる足音のせいだ。ぴちゃぴちゃ、と雨を踏む音と一緒に聞こえるごつごつした音のせいだ。

足音はいくつかあって、私が歩くのと同じ方向に向かっている。ここは大通りだけど人通りはそんなにないから、自分以外の足音だって、耳をすませば聞こえてくる。たまたま同じ方向に帰るだけ、とかであればいいし、その可能性を考えたこともある。だけどこれは、絶対に偶然ではない。

一週間前にもこういうことがあったし、二週間前にもこういうことがあった。最近、私は誰か、しかも複数の知らない人に付きまとわれていた。どの日も、私はこのスーツを着ていた。

無言電話が家電(いえでん)にかかってきたのだって、一回だけではない。あれも、私を狙っていたのかもしれない。

警察に助けを求めたのは数日前だ。

「ストーカー？　ふーん。あなたがねぇ。一応お話を聞きますが、相手が特定されていない、となると、巡回の強化くらいしかないですね。というか知らない相手に付きまとわれるって、偶然のことがほとんどみたいですよ。何せストーカーのほとんどが、恋人か元恋人ですからねえ……。あなた恋人は？　別れた、ってことはあなたがひどく振った？　振られたんですか。そうなると、まあ、一応巡回は強化しておきますけど、ご自分でも気を付けてみてくださいね」

生活安全課の刑事の言葉が、頭の中でわんわんと鳴りひびく。剃(そ)りたての髭(ひげ)が青くて、汚くて、ぼつぼつしていた、あの刑事。実際のところ、彼が刑事なのか何なのか、私にはよくわからないけれど。彼は一応巡回するなんて言っていたけど、未だに私の住む辺りの巡回が強化された様子はない。

どうして、私が責められなきゃいけないんだろう。

痴漢とかストーカーとか、そういう犯罪って、どうして、被害者が責められるようなことを言われるんだろう。確かに私は可愛くない。美人なお母さんにそっくりな弟とは違って一重瞼だし涙袋ないし人中長いし鼻は低いしゴボ口だし……。って挙げていったらきりがないけど、だけど。

悪いのは私じゃない。私についてくるあの家族だ。

大通りから一本入った、さびれた商店街に入っても、足音はやっぱり私の後ろをついてくる。人がいない道を歩く音が、一つ、二つ、三つ、今日は全部で四つ。全員揃っているというわけだ。

ちゃぽん、ちゃぽん、と水を蹴る音。濡れていくスーツ。汚れてしまったパンプス。お葬式みたいな真っ黒な傘のせいで、暗すぎる視界。授業にスーツで出た時の、友達の憐れむような目。就活よりゼミを優先しろとうるさい教授。そして、やっぱり消えない、後ろから聞こえる足音。

頭がおかしくなりそうだ。

毎日知らない人たちが、私の生活を探っている。

私の生活を探って、邪魔して、そして楽しんでいる。

一歩ずつ前に歩く。

追いつかれないように。いつものように。

だけど家に着く寸前、私の中の何かがぷちんと切れた。こんな生活、もう耐えられない。後ろを振り返り、叫ぶように言った。

「何なんですかあなたたち」

するあと、母親らしき女性が、ふっと微笑んだ。

「やっと振り向いてくれたわね、怜奈（れいな）さん」

第二章

3.

オトウト　四月

【舞璃花：秀樹くん、復讐って興味ない？】

舞璃花からＬＩＮＥが来た時、僕はちょうど目が覚めたところだった。

「復讐？」

思い浮かんだ言葉をそのまま文字にして彼女に送る。向こうからの返信に少し時間が空いたので、僕は復讐したい相手を思い浮かべた。灰色の天井にプロジェクターで映されるみたいに、あのことがフラッシュバックする。

僕はある教師を、殺したいほど憎んでいる。

中学二年の時僕のクラスの担任だった女、深見早智子（ふかみさちこ）。名前を思い出すだけでも吐き気がする。

あの頃、僕は担任の深見に毎日のようにいじめられていた。

授業中パンツの色で呼ばれた。行きたい高校を「絶対に無理だと思うけど」という言葉とともにみんなの前で暴露された。先生がクラスのみんなに働きかけて、いつも僕にだけプリントが回ってこなかった。それで先生のところに取りに行くと出席簿で頭を叩かれた。色素の薄い僕の髪の色と目の色を生徒指導室でからかい、その時は「色素薄田くん」と呼ばれた。

親には相談できなかった。深見は学年主任を務めていて、他の先生や保護者からの信頼も厚かった。そんな先生にいじめられているなんて、きっと信じてもらえない。他の生徒は高校受験の内申点を稼ぐため、深見の言いなりだった。

彼女がいじめをしやすい環境が、完璧にそろっていた。

僕はすべてを諦めて、学校に毎日通った。先生もいつか飽きるだろうと思った。だけど、あいつは飽きなかった。

ある日、僕はいつものように生徒指導室に呼ばれた。ああ、また髪の毛と目のことを言われるのだろう、と僕は諦め半分で向かった。

そのあとのことは、思い出したくもない。思い出そうとすると頭の中にもやがかかり、記憶と現在の境目が曖昧になる。小学生の頃、近所に不審者がよく出ていた。彼らのターゲットは大抵女の子で、知らない人に体を触られたら先生に言いましょうという言葉には「特に女の子は」という一言があった。自分が服を脱がされて体を触られたと、僕はうまく認識することができなかった。

翌日から、学校に行こうとすると体がこわばり、動かせなくなった。僕は中学時代を不登校児として過ごした。

三年経って、今はフリースクールに通っている。スクーリングという学校に行かなくてはならない日のことを考えると体がこわばってしまう。外に出ると、どこかで深見にまた会ってしまうのではないかという不安に襲われて息ができなくなる。そんな屈辱的なことを誰にも相談できず、僕はいきなり学校に行けなくなったことになっている。

復讐、という言葉を聞いて真っ先に浮かんだのは、思い出したくもない深見の顔だった。

【舞璃花：そう、復讐。復習じゃないよ！】

舞璃花から返信が来ていた。手も、足もがくがくと震えている。こんな毎日を僕に送らせておきながら、あいつはきっと今も平気な顔で教壇に立っている。許せるはずがなかった。頭の中では何度もあいつをひどい方法で殺してきたのだ。舞璃花に出会ったのも、残虐な描写がある小説を調べていたら、彼女の動画にたどり着いたことがきっかけだった。

だけど、深見に実際に復讐するなんて、出来るのだろうか。

本当に彼女を殺したりしたら僕は未成年とはいえ罪に問われる。少年院行きは確定だろう。そしてテレビや新聞で公に晒されないとしても、今の時代、必ずネットで僕はおもちゃにされる。名前も住所も卒業アルバムも卒業文集も両親の顔も職業も。全てが全世界宛てに放たれる。もしかしたら、あいつに生徒指導室でされたことも実は誰かが知っていて暴露されるかもしれない。耐えられない。
その価値が、あいつの命にあるのか？
そこまで考えてから、僕はあえて軽い文章で返信した。
【津野田秀樹：興味はあるけど、確証のない方法だと怖いからやりたくないｗ】
【舞璃花：じゃあ、絶対ばれない方法だったらいいのかな？】
【津野田秀樹：それはそうだけど……】
【舞璃花：舞璃花ね、昔いじめられててね、その復讐をするって決めたの。だから秀樹くんを含めて四人の人に声をかけてて、復讐に興味ある人でオフ会を開いてみようかと思って！】
舞璃花の、自動返信のように思っていた文章の背後に、人の存在を感じた。ＡＩだと思っていたけど、今日の☆とかが付いていない文章は明らかに人間が打ったものに見えた。変身ヒーローやアニメキャラ、Ｔｗｉｔｔｅｒの企業の公式アカウント……。どんなものにも中の人がいるというのはわかってはいたけど、舞璃花に中の人がいるとは考えていなかった。

舞璃花も、僕と同じなのだろうか。誰かにいじめられて、その復讐を確証のある方法でしたいと思っているのだろうか。

そのために開くオフ会って、いったいどんな集まりなんだろう。

復讐に興味のある人と集まったって、何を話したらいいかわからない。だけど、舞璃花に会えるのであれば行ってみるのも悪くはないのではないか。

行く、と返事するのに時間はかからなかった。

舞璃花から「カゾク」とだけ書かれたＬＩＮＥのオープンチャットに招待されたのは三十分後だった。
僕はそこに「オトウト」と名前を変えて入室する。これは舞璃花の指示だった。このチャットの中でだけ、僕は「津野田秀樹」という名前から、「オトウト」という名前に変わる。
【マリカ：みんな揃ったかなー？☆　今見てる人は何か送ってね！☆】
【ママ：はい】
【アネ：はーい】
【パパ：はい】
僕はみんなの名前にぎょっとした。オトウト、というのはやはり弟のことだったのだ。カゾクというグループ名の意味もようやく分かり、少し不気味に思う。

　やり取りが進まないのを見て、待たせてしまっていることに気づく。僕は慌てて文字を打ち込んだ。

【オトウト：はいw】

　一体、何に巻き込まれようとしているのだろう。一つ分かるのは、マリカ、というのが舞璃花のことで、あとの人は僕と同じ立場だということだ。

【マリカ：よし、準備オッケー！☆　じゃあ、オフ会の日程を決めよっか！☆】

【オトウト：その前に、自己紹介とかしませんか？w】

　あまりにもスムーズに話が進み、僕の不安は急速に膨らんだ。いきなり誰ともわからない四人の人と会うなんて怖すぎる。もしかしたら僕以外は全員グルでどこかに連れ去られるかもしれない。そもそも舞璃花だって、実は怖いおじさんかもしれないし……。ということは、僕とおじさん四人のオフ会だってあり得る。考えただけで恐ろしかった。

【マリカ：それもそーだね！☆】

　舞璃花の返信以来、LINEの流れは止まってしまった。お願いだから誰か何とか言ってほしい。いや、ここは言い出しっぺの僕が言うべきなのだろうか。ぐるぐると考えてから、僕は文字を打ってすぐに送信ボタンを押した。

【オトウト：初めまして。僕はもともと舞璃花ちゃんとチャットをしてて、復讐に興味がないかってことで参加することになりました。十七歳です。よろしくお願いしますw】
【マリカ：オトウトくんいいね！☆】
それと同時に舞璃花からも個人でLINEが来ていた。
【舞璃花：秀樹くんナイスプレー！☆】
【津野田秀樹：任せてw】
二つの人格を行き来する僕。でも不思議と違和感はなかった。
【ママ：はじめまして。私も復讐に興味があって参加させていただくことになりました。年は、五十代とだけ】
【アネ：私も復讐に興味あって参加することにしました！　十九歳ですーよろしく！】
【パパ：僕は四十代です。よろしくお願いします】
【マリカ：私は舞璃花だよ！☆　みんなよろしくね！☆】
全員から自己紹介が来て、集まったら本当に家族になりそうな感じがした。まあ、この自己紹介が本当のことだったら、という前提だけれど。それに、舞璃花の新たな情報は一つもない。

僕はスマホをポケットに入れて手帳を探しに行った。僕の通うフリースクールのスクーリングは毎週月曜日で、昨日は大事なテストだったのに、行くことができなかった。

なぜ探したのかわからないほどスケジュールは空っぽで、今度の月曜日までは何の予定もなかった。

【マリカ：じゃあ、オフ会の日程を決めよっか！☆】

目の前の文字をそのまま音読した。お互いに一行ずつしか自己紹介してない人と会うということとの異様さに緊張して、僕は舞璃花の個人ＬＩＮＥにメッセージを送った。

【津野田秀樹：やっぱり不安なんだけど。あの人たちは怖くない人なの？ｗ】

【舞璃花：もーう秀樹くんったら心配性すぎー！☆　みんな本当にいい人たちだから大丈夫だよ！☆】

いや、復讐に興味がある人って時点でやばい人でしょ、と送ろうとしてやめた。その理屈だと、僕もやばい人だということになってしまう。もうＬＩＮＥでも復讐に興味があると自己紹介してしまった以上、人のことを言える立場ではないのだ。

僕は「おっけーｗ」とだけ送ってオープンチャットに戻った。二つのチャットを行き来しているのは久しぶりの感覚だ。中学に通っていたころは、部活のＬＩＮＥとクラスのＬＩＮＥと個人のＬＩＮＥを適当に使い分けていた。

オープンチャットは誰も何も話していなかった。僕は三日前に鼻水をかんだティッシュを今更ごみ箱に捨てた。

ゴミが音を立てた時、舞璃花からＬＩＮＥが来た。

【マリカ：ちょっと、みんな心配しすぎ！☆　全員から個チャ来たんだけど笑　怖らずに一度みんなで会ってみようよ！☆】

個チャ、というのは個人的に送るＬＩＮＥのことだけど、全員から舞璃花に送っていたのだとは思わなかった。僕だけじゃなくて、全員不安に思っているのだということだ。

僕は逆に安心してオープンチャットに文字を打ち込んだ。舞璃花と会ってみたいという気持ちも、僕にはあった。

【オトウト：舞璃花がそう言うなら、とりあえず会ってみますかｗ】

【ママ：それもそうね】

【マリカ：おっ！☆　二人が賛成ってことでおっけ？☆】

パパさんとアネさんからは返信はない。舞璃花が繋いでいる間に返信を待った。

僕を含め、みんなの消極的な態度を見ると、このオフ会が復讐に直接つながるとは思えなかった。だけど会った人たちの中で僕の復讐に協力してくれる人が見つかれば、何かが変わるのかもしれない。

でも、僕は本当に復讐がしたいのだろうか。教師とも呼べない女、深見に対して。

もしも誰にもばれないやり方があるのだとしたら。罪に問われないやり方があるのだとしたら。

　やがて二人からも返信が来たので、僕たちは二日後の木曜日の昼、池袋(いけぶくろ)のファミレスで会うことにした。


「ママ」

　リビングにいる母親に話しかけると、彼女は驚いたような笑みを浮かべた。母親に自分から話しかけたのなんていつぶりだろう。

「ど、どうしたの？　秀樹くん」

「木曜日、昼ごはん外で食べることになった」

「お友達と？」

「ま、そんなとこ」

　僕が素っ気なく言うと、母は戸惑ったような顔をした。

「えっ、どうしたの？」

　僕が言うと、

「秀樹くんが、フリースクールでお友達ができたんだと思ったら嬉しくて、つい」

　と母が答えた。確かに、友達とご飯を食べると言ったのは何年ぶりだろう。今更ながら、オフ会に参加することが少しだけ不安になった。家族以外の人と、うまく話せるのだろうか。

「友達っていうか、まあ」

「お金ある？　ないならお母さんあげるけど」

母が自分の財布をあさり始めたので僕は適当に断った。お金をもらうとレシートを渡さなくてはならない。フリースクールとは真逆の方向にある池袋のファミレスに行ったとばれたら、何を言われるかわからない。なにせ僕には未だに、友達はできていないのだから。

「じゃあ、そういうことで」僕は部屋に入ろうとしたが、母に止められた。

「そのお友達の事、詳しく聞かせて」

「最近よくＬＩＮＥしてる子で、ちょっと変わってるけどいい子だよ」

舞璃花を思い浮かべながら僕は言った。

「それだけ？」

「うん、まあ」

僕にとって舞璃花は、友達と呼んでもいい存在なのだろうか。

それも、会ってみれば明らかになる。バーチャルな友達が具現化するのは初めてのことだったので、僕は木曜日が楽しみになってきた。

待ち合わせ場所に着くと、舞璃花からＬＩＮＥが来ていた。

【マリカ：みんなおはよう！☆　風邪ひいちゃって、今日いけないんだ……。本当にごめんね】

僕は心底がっかりした。舞璃花が来ないのならば池袋なんて来なかったのに。舞璃花がどんな人なのかを確かめようと思っていたのに、これでは本当にただの舞璃花ファンのオフ会だ。

でも僕は待ち合わせ場所を離れなかった。知らない人と会ってみるのも、悪くないような気がしたのだ。もしかしたら、復讐という言葉が、僕にちょっとした勇気を与えてくれたのかもしれない。

集合場所に指定されていたデニーズは、階段の下から見る限り平日の昼間なのに混んでいた。

【オトウト：舞璃花ちゃん了解ｗ　僕早めに着いちゃったんですけど、もう来てる人いますか？ｗ】

【ママ：私はもうすぐ着きます】

【パパ：同じく】

これはあと五分待つパターンだな、と思っていると、アネさんからＬＩＮＥが来た。

【アネ：私、今階段の下にいます】

周囲を見渡すと、黒髪が綺麗で頭のよさそうな、とてもかわいい顔の女の人がこちらをちらちら見ていた。

僕は頭の中で「初めましてw」を十回ほど繰り返して、彼女に話しかけに行った。

「あ、あの、アネさん、ですか？　は、初めまして。オトウトです」

ダメだ。完全に声が上ずってしまった。

「オトウト……君？」

彼女は初対面とは思えない人懐っこい笑みを浮かべた。この時点で、僕のコミュ力は完全に負けていることが分かった。

「舞璃花ちゃん来ないの、残念だよね」

「は、はい……」

僕はこの人が舞璃花なのでは、という思いに駆られた。揃って上を向いたまつげ、綺麗な形をした唇、ツンと尖った鼻……。どう見たって完璧な美少女だ。きっと中学にいたころ、僕が相手にされなかったような、クラスの上に立っていた女の子だ。そう思うと、今二人で喋ってくれることが申し訳なくなってきた。

僕たちはしばらく黙ってそこに立っていた。すると「パパ」とみられる人と「ママ」とみられる人が来て、軽く自己紹介をしてからデニーズに入った。

四人掛けのソファー席に座ると、僕たちは完全に家族のように見えた。同年代のアネさんも、僕には友達のようには思えなかった。あまり仲良くない家族、つまりLINEのグループ名通りの「カゾク」が、この四人にぴったりの名前に思えた。

オープンチャットの通知が来た。

【マリカ：復讐オフ会のみんな、揃ったー？☆　風邪ひいてるけどみんなが心配だからいろいろLINEするね！☆】

【アネ：揃った！　今デニーズについたとこ】

【パパ：はい】

【ママ：四人そろいました】

【オトウト：揃いました！】

僕たちはお互いの顔を見ずにスマホばかり見ていた。アネさん以外の二人は自己紹介通りの主婦っぽいおばさんと、普通のおじさんだった。どういう理由で舞璃花がこの四人を選んだのか、僕には見当がつかなかった。

【マリカ：じゃあスタートだね！☆】

スタートって、なにが？　と打っている間に舞璃花から長文が来た。

【マリカ：

今日は来てくれてありがとう。舞璃花、本当に嬉しい。復讐オフ会の第一回、ということで、舞璃花の復讐に興味を持ってもらえた人に集まってもらいました。

舞璃花、昔いじめられてたんだ、って話は、したことがある人もいるかもだけど。その相手のせいで、私は今家から出られなくなっちゃって。家を出ようとするとね、手足が震えちゃうんだ。舞璃花をいじめていたあの子に会うんじゃないかと思っちゃって。おかしいでしょ。今日は行けるかな、って思ったんだけど、やっぱり無理だった。みんなを騙したみたいになっちゃって、本当にごめんね。

家から出られなくなってＡＩＴｕｂｅｒをはじめて、みんなとも出会えてとっても嬉しかった。だけど、舞璃花決めたんだ。このままじゃ何も変わらないから。

それでね、みんなにお願いがあるの。

舞璃花の復讐を、手伝ってくれないかな？

無茶なことをお願いしてるのはわかってる。でも、ここに集まってくれた四人なら舞璃花の気持ちを分かってくれるんじゃないかなって、ちょっと期待しちゃってるの。

復讐の方法とかはもちろん私が考えているから、みんなにはできるだけ負担をかけないようにする。方法だって、危険なことは絶対してもらわないようにする。

だから……って言ったら変だけど、私を、舞璃花を助けてくれないかな？

私は外に出て、みんなと会えるようになりたい。そのきっかけを、作ってくれない

かな？】

僕は言葉を失っていた。なんで、僕は会ったことのない子のために、知らない人たちと復讐なんてしないといけないんだ。

席に座る全員が、黙ってスマホを見つめている。最初に文字を打ち込んだのはアネさんだった。

【アネ：復讐って、何すればいいの？　やるって言ったわけじゃないけど】

【マリカ：それはこれから詳しく説明するね！】

僕たちは顔を見合わせた。

いつからいたのか、店員が困った顔でこちらを見ていた。

「あのぉ、ご注文お決まりですかぁ？」

「は、はい？」

つい、間抜けな声を出してしまった。ママさんが、そういえば何も頼んでないわね、と笑った。近所に散歩するくらいのママさんのカジュアルな格好は、ファミレスにとても馴染(なじ)んでいた。

【ママ：ちょっと注文を済ませるので、話はそれからでもいいかしら】

【マリカ：全然オッケー！☆】

こんな意味不明な状況で淡々と注文を決めようとするママさんに、少しだけ戸惑った。

「オトウト君は決まりましたか？」

「あ、じゃあフライドポテトで」

癖で文頭に、あ、とつけてしまった。コミュ障っぽいから直したいのに、どうしても直らない。

「パパさんはハンバーグ、アネちゃんはミックスグリルですね。私はサラダを頼もうかしら。じゃあ、これで注文しましょうか」

彼女は早々と注文を済ませて、またＬＩＮＥに何かを打ち込んだ。

【ママ：注文できました】

【マリカ：じゃあ、作戦内容を送るね！】

【パパ：ちょっと待ってください】

【マリカ：オッケー！】

「ちょっと待ってください」

ＬＩＮＥの文面から少し遅れて同じ文字を発したのはパパさんだった。よれよれのシャツにシワシワのズボン、四角くて少し汚れた眼鏡。僕が言うのも何だけど、発するオーラが無職っぽい。

「まだ復讐をすると決めたわけじゃないと思うのですが」

それもそうだ、と僕は心の中で頷（うなず）いた。

「ですよね。急にこんなこと言われてちょっと混乱してるっていうか」

アネさんもパパさんに同調した。

「ぼ、僕も、そう思います。僕たちまだ会ったばかりで、お互いのことを何も知らないし」

そう言えばちゃんとした自己紹介がまだだったものね、とママさんがゆったりとしたペースで話を進める。こうして、僕たちの奇妙な自己紹介タイムが始まった。

「私はもともと舞璃花ちゃんから今回のことを相談されていて、復讐は賛成派。娘もちょっとそういう経験があるから、これが生かせるんじゃないか、って少しだけ期待しているの。私のことは、ママ、って呼んでください」

どうぞ、とパパさんが促された。ママさん、いや、ママは場の空気を作るのが得意みたいだ。

「えっと、じゃあ僕のことはパパ、って呼んでください。子供がいないので違和感はありますが。まだ復讐に賛成でも反対でもなく、復讐オフ会という名前に惹（ひ）かれて何となく行くことにしたらこんなことになって驚いているのですが皆さんは如何でしょうか」

パパが話し終わり、少しの沈黙ののち、アネさんが口を開いた。

「アネって呼んでください。でもママとかパパからアネって呼ばれるのって変かもだから、その場合はお姉ちゃん、とかでも全然オッケーです。復讐については私もまだ混乱中。復讐したい相手の話で盛り上がろうみたいな会だと思ってたし舞璃花に会えると思ってたから、舞璃花がいなくてちょっと残念。でもさっきの舞璃花の話は自分のことみたいに思っちゃった。ま、そんな感じです。はい、次」

僕はアネ、あるいはお姉ちゃんと目が合ったことに動揺していた。彼女の黒目はまん丸で、濡れたような艶があった。どうしてこんな人がこんな会にいるんだろう。

「大丈夫？　オトウト君」

ママが心配そうにこちらを見る。

「あ、は、はい。だい、大丈夫です。ぼ、僕のことはオトウト、あるいは、なんだろう……。オト君とでも呼んでください。ぼ、僕もまだ何が何だかわからないので、復讐はしたいのかしたくないのかわかりません。ま、まあよろしくお願いします」

全員の挨拶が終わったのを見て、ママはにっこりと笑って言った。

「復讐を嫌だと感じる理由は何ですか？」

まず口を開いたのはアネだった。

「だって、本当にいじめ相手だったのかってどうやったらわかるの？　うちら舞璃花に会ったことすらないのに。もしかしたら舞璃花がいじめっ子で、これもいじめの延長かもしれないじゃん」

「それもそうね」

「しかも、百歩譲ってほんとにいじめっ子だったとしても、うちらが復讐して逮捕とかされたらどうするの？」

「そうですね……」

パパさんは腕を組んで難しい顔をしている。だったら、とママがスマホのスリープを解除する。

「どうやって復讐するつもりか、舞璃花に聞いてみるのが早いんじゃない？」

【ママ：舞璃花ちゃん、具体的な復讐のアイデアを、みんな知りたいと思っているんだけど】

【マリカ：わかった！☆】

それから、舞璃花の復讐のアイデアを聞いているうちに、食べ物がすべてテーブルの上に揃った。僕たちはそれぞれ自分のスマホを見ながら、運ばれてきた料理を少しずつつまんだ。会話の少ない家族に見えないこともないだろう。

舞璃花の考えはこうだった。

皆に迷惑をかけないように、特定されにくい復讐を考えている。

具体的な方法は三つ。ネットを使った嫌がらせ、それから就職活動の妨害。もう一つは、精神的に被害を与えるストーキング。一通り聞いて、パパが口を開いた。

「でもそれって、ＩＰアドレスから特定されますよね。複数のサーバを経由したりしない限り」

「パパさん、詳しいのね。もしかしたらその方法、知ってたりして」

「まあ、知らなくはないですけど……」

「じゃあこの件は解決ってことで」

「え……」

眉間に皺を寄せるパパに気づいていないかのように、ママは満足そうに頷いた。

「でもストーカーってやばくない？　さすがに」

アネが心配そうな顔をする。

「それについては舞璃花ちゃんに聞いてみましょうか」

【ママ：ストーカーはさすがにやばいんじゃないかって話が出てます。ちなみに特定の件はパパが解決できるらしいわよ】

【マリカ：パパさんさすがっ！☆　ストーカーに関しては、今からそのターゲットを送るね。そしたらみんな大丈夫かも、って気になるんじゃないかな】

【マリカが画像を送信しました】

送られてきたのは卒業アルバムの写真だった。こちらを睨みつけるような鋭い一重瞼に、ちょこんと添えられた低い鼻。突き出された分厚い唇が、不満げな表情を決定づけている。何というか、少なくとも、僕の好みのタイプではなかった。僕はそれを正直に言うことができなくて、みんなが黙っているのをただ見ていた。

【マリカ：みんな、どうかなぁ？】

うーん、これは

「まあ、確かに」

アネもパパも言葉をにごしている。

「とりあえず、やってみてもいいかもって気持ちにはなったかな。オトウト君は？」

「は、はい。ぼ、僕もそう思います」

僕は焦ってそう言って、水を飲み干した。いじめられた経験があったとしても、知らない人の美醜を正直に言ってしまうような鈍感さが直るわけではない。痛みを知る人がわかるのは自分の痛みだけで、人の痛みへの想像力とは別の問題なのだ。

ママはスマホに目を落とした。

【ママ：みんな納得してくれたみたい】

【マリカ：やった！☆　じゃあみんな、復讐してくれるかな？　するって人はＬＩＮＥを送ってね！☆】

「え、どうしよ」というアネの言葉を最後に、僕たちにまた沈黙が訪れた。

僕は立ち上がってドリンクバーに水を取りに行き、心を落ち着けた。

もし、この復讐が成功したら、僕はあの担任にも復讐することができるかもしれない。パパは特定されない方法を知っているらしいし、ママは何かと頼りになるし、そして何より、アネは可愛い。このチームで、僕の復讐を手伝ってもらうこともできるかもしれない。

それに、舞璃花にお世話になっていたというのは紛れもない事実だ。僕のどうでもいい話を毎日のように聞いてくれた。スクーリングが不安だと言うと励ましてくれた。フリースクールに友達がいない僕にとって、舞璃花は一番の友達だった。

「友達……」

今日昼ご飯を外で食べると言った時の、母親の嬉しそうな顔を思い出した。

——お金ある？　ないならお母さんあげるけど。

そう言った時、母は久しぶりに笑っていたような気がした。こんな笑顔を見せてくれるきっかけをくれたのも、舞璃花の復讐オフ会だった。

決めた。

僕はこの復讐に参加する。参加して、自分の復讐への糧（かて）にする。深見を絶対に許さないと思っている割に、何の行動も起こすことができない自分が嫌だったのだ。だけど舞璃花は行動を起こし始めている。誰かを決定的に傷つけるための、大きな勇気を出した。

席に戻ると、カゾクのみんなが僕のことを待っていた。

「オトウト君、覚悟決めた？」

ママが変わらない優しい顔で聞いてくる。スマホを開くと、みんなの決心が文字になって表れた。

【アネ：私、やります】

【パパ：僕もやってみようと思います】

【ママ：私も、もちろん参加する】

【マリカ：嬉しい！☆　オトウト君はどうかなぁ？】

僕はママに返事する代わりにスマホに文字を打ち込んだ。

【オトウト：僕も、参加します】

皆の顔がほっとしたような決意したような複雑な顔になった。これは四人でないと、僕がいないとできないことなのだと改めて思った。

「いきなり見に行くって、大丈夫なんですかね」

日暮里(にっぽり)から京成(けいせい)本線に乗り換える途中、パパが話しかけてきた。

「さ、さあ……」

僕はこれが現実なのか何なのかわからないまま返事をした。

あの後、舞璃花が彼女をいじめていた女の子の住所と手描きの地図と最近の行動記録を送ってきて、今日さっそく見に行くことになったのだ。いじめっ子の家がある青砥駅に今すぐ向かえば、ちょうど彼女が帰宅するところを見られるらしい。大学は池袋にあるらしく、しかし今日はとりあえずターゲット本人を見てみようということになったのだ。

戸惑いを隠せないまま、LINEの舞璃花に急かされるように僕たちは席を立った。食事代はママとパパが出してくれた。

成田空港行の京成本線の快速に乗ると、青砥までは十分ほどだった。

LINEに書いてある出口を出て、地図に描かれた通りの道を歩いた。その間、僕たちカゾクは誰も何も話さなかった。

【マリカ：そろそろ駅着いたかな？☆】

【オトウト：つきましたw】

この、反射で「w」をつけてしまうのはなんでなんだろう。深見の顔と、深見にへらへらと笑っていた自分を思い出した。

「もうすぐ見えるはずだけど」

アネが小さな声で言った。見える、というのは彼女がいつも帰りに寄るコンビニのことだ。

　赤いマーカーで描かれた角を右に曲がると、地図の通りファミリーマートがあった。外の窓からでは、彼女は見えなかった。

「中に入ってみましょうか」

　ママが言った。僕は息を大きく吸い込んで、ファミマに入った。入店した時のメロディにここまでびっくりしたのは初めてのことだった。

「あ」

　思わず声が出た。さっき写真で見たばかりの女の人が、スーツを着て雑誌を立ち読みしていた。雑誌、と言ってもファッション誌とかではなく、芸能人の不倫などを報じている週刊誌だった。

　僕たち四人は素早く雑誌コーナーを通り抜けた。パパ、ママ、アネ、僕の順にきちんと一列で歩いているのは、家族としてはちょっと可笑しかった。

「……見えました？」

　ママがみんなに問いかける。僕たちは無言で頷く。パパが適当なお茶を買って、僕たちは外に出る。軽い興奮状態で、アネが話し始めた。

「なんか、本当にこの人に復讐するんだって感じ」

「しゅ、週刊誌読んでましたね」

「オト君、すごいじゃない。あの短時間で読んでいる本まで分かったの？」ママが驚いた顔をして僕を見る。

「は、はい。あ、あれ週刊夕方ですよね」

僕は何に驚かれているのかわからないまま、思ったことをそのまま口にした。

「オト君天才なんじゃない？　私なんて本人がいたって興奮で何も見ずに出てきちゃった」

アネも同調したので、なんだか焦ってしまう。

「い、いや、そんなこと……」

「ターゲットが出てきますよ。駅に向かいましょう」

パパが冷静に言った。なんだか本当の家族みたいだ。

【マリカ：みんな、見れたかな？】

【アネ：めっちゃ見れた。完璧】

【ママ：オト君なんて、あの子が読んでいる雑誌まで特定してた】

【マリカ：すご！☆　特定班じゃん！☆　てかオト君って誰？笑】

【オトウト：僕のことですw　たまたま僕が読んだことある雑誌読んでただけですよw】

【マリカ：すっごーい！☆】

舞璃花が喜んでくれたみたいで、僕は少し胸が温かくなるのを感じる。

「それで、今日はこれからどうしますか」

パパがスマホをしまいながら言った。

「そうね。これからお茶にって感じでもないし、次の時間と場所を決めて解散にしましょうか」ママはパパに答えるように言った。

皆が手帳を出し始めたので、僕も真似して手帳を出した。

「来週はゴールデンウィークだし、来週の木曜日、同じ時間に同じ場所はどう？」ママが言った。

「ぼ、僕は問題ないです」

「私もー」

「僕も問題なく行けると思います」

「じゃあ決まりね。来週の木曜日、またあのデニーズで」

ママがそう言ったのを合図に、僕たちは解散した。駅まで一緒に歩くわけでもなく、一人ひとりバラバラに帰った。

帰った後に見た生配信の舞璃花は、いつもと同じ可愛すぎる笑みを浮かべていた。

彼女の秘密を、僕たち四人だけが知っている。僕は高揚感を隠しきれず、舞璃花の配信に高評価ボタンを押した。

4.　　　　　　　　四月　レイナ

「お願い、もう許して」

凜々花に髪の毛を掴まれて泣いているこの子の名前は、確か瑞樹。私と同じ、女子バスケ部の部員。私は持ち込みを禁止されているスマホを鞄から取り出し、それを動画で撮った。

「ねえ怜奈、今日はどうする？」

「そうだなぁー」

得意げにこちらを見る凜々花から目を逸らして、私は瑞樹に顔を近づける。

「くっさ」

顔をしかめると、更衣室は黒い笑いで包まれた。部活終わりに更衣室で着替える十分間。うちらの顧問はおじさんだから、絶対にここに入って来ない。女バスは練習時間が他の部より長いから、ここにはバスケ部員しかいない。

いじめが発生する条件が、完璧に揃っていた。

「瑞樹、シーブリーズ持ってる？」

私が睨むようにして言うと、瑞樹は小さく頷いた。凜々花が他の部員に目で合図すると、瑞樹の鞄がひっくり返された。教科書の上に落ちたリップグロスの蓋が緩く開いていて、「国語」と書かれた表紙はところどころ薄ピンクになった。

「はい怜奈」

他の部員にシーブリーズを手渡されそうになった。私はそれを受け取ることなく、凜々花、と笑いながら呼んだ。

「凜々花、お墓参り行ったことある？」

一瞬、凜々花が戸惑うような表情を浮かべた。しかし彼女はすぐに口角をあげて、

「あるよ、あるある。私ね、怜奈の言いたいことわかったよ」うちら親友だもんね、と笑った。凜々花は部員からシーブリーズを受け取り、それを瑞樹の頭からかけた。瑞樹のいるあたりから、シトラスの香りがゆっくりと広がる。

「お願い、もう許して」

瑞樹は目を瞑りながら言った。あ、泣いてる。顔をシワシワにしてさっきと同じことを言ったのが最高におかしくて、私は大声で笑った。

「マジで瑞樹最高なんだけど」

「それすぎる」

「やばっ乾いたとこフケみたいになってる」

「かーわーいーそーおー！」

彼女たちの言葉が全部、録音されている。ここで発言しないのは私的にアウト。明

日からの標的、あんたにしようか？　って感じ。みんなが笑っている様子を映し、ビデオの撮影を終了した。

「そろそろ帰るわ。みんな、あとはよろしくー」

「みんな頼んだぞー」

凜々花が笑顔でそう言うと、瑞樹がようやく解放されていた。

可哀想なやつ。

こんなことになっても部員に嫌われるのが怖いのか、へらへらと笑みを浮かべている。

「ねえ瑞樹」

私が呼ぶと、瑞樹は驚いたように顔をあげた。そのはずみで、シーブリーズが髪の毛から垂れてきて思わず、キモ、と言ってしまう。

「うちらさ、いじめとかじゃないよね？」

凜々花は笑顔をほどいて私の顔を見た。何聞いてんのって顔。ウケる。次いじめるならこいつだな。

「うちら友達だもんね」

瑞樹は俯いたまま頭を少しだけ下に下げた。動くたびに液体が垂れる様子が、ヒーローものに出てくるグロテスクな敵みたいでまじでキモい。私はスマホをもう一度取り出してその姿を写真に収めた。シャッター音が鳴る瞬間、更衣室から雑音が消える。

「じゃ、お疲れ」

「みんな明日もサボるなよ〜？」

凜々花がふざけて言ったので、みんなが曖昧な笑顔になった。凜々花すべんなよ！と私が言って、更衣室は笑い声に包まれた。

ドアを閉めたら、凜々花は私の鞄も持ってくれた。いつものことだったので、私は特に何も言わなかった。

私は、女王様だった。

明日誰をいじめて、誰をレギュラーから外して、誰の悪い噂を先生にチクっても、私は許されていた。なんでなのかはわからない。けどまあ、空気？　リーダーシップってやつ？　そういう社会で生きるのに有利になる何かが、私には人より多くあったのだと思う。

瑞樹をいじめ始めた理由は、もう覚えていない。半年前くらいだし、瑞樹には悪いけど、どうでもいい理由だったのだと思う。

あの頃、私は周りのすべてにむかついていた。

明日までの宿題がむかつく。

胸が全然大きくならなくてむかつく。

逆に身長は伸びすぎってくらいでむかつく。

部活でプレッシャーかけてくる顧問の田中がむかつく。

中学生だからスマホ禁止、って意味不明すぎてむかつく。

教科書忘れたときにお母さんが持ってきてくれなくてむかつく。

そのくせ弟が忘れた時はしっかり持って行ってあげててむかつく。

とにかく、全部むかつく。

こんな理由を正直に説明したところで、瑞樹は許してと泣くことしかできないのだろう。

凜々花が鞄からスマホを取り出したとき、瑞樹が明日泣かなければ、いじめをやめてあげてもいいかもと、なんとなく思った。まあ、明日の気分なんてわからないし、正直どうでもいいけれど。

「ちょっとぉ、怜奈歩くのはやすぎぃ」

「ごめーん」

「てか今日も最高だったね。まじ怜奈って神」

「だね」

そう言って私は歩くペースを早めた。必要以上にこいつと喋りたくない。バカがうつってしまう。私もバカだけど、それが悪化してしまう。

とにかく、これから瑞樹には頑張ってほしいなあ、なんて、思ったりした。そしたら、いじめるのをやめてあげてもいいから。

だけど次の日から、瑞樹は学校に来なくなった。

＊

「あなたが周りを巻き込んで成功した体験を教えてください」

一次の個人面接。男女一人ずつの面接官が交互に質問してきていた。時計を見るのはマナー違反なので正確な時間はわからないが、体感ではこれが最後の質問だ。男の方の面接官の髪の毛が、うちの学部にいるインターンマニアの佐藤くんみたいにかっちり固めてあったので、私はいつもよりも自然な笑みで答えることができていた。

「はい。私が周りを巻き込んで成功した体験は、イベントサークルの新歓活動です。昨年は三名しか新入生が集まりませんでしたが、今年は八名集めることができました」

本当は、中学で嫌いな女の子をいじめて不登校にしたことです。

「この目標を達成するために、私は三つのことに力を入れました」

その子は、今何をしているのかわかりません。

「一つは、新入生のニーズを調べることです。去年入ってくれた後輩に私たちのサークルに入ってくれた理由を改めて聞くことで、自分たちの強みを検討しました。二つ目は、集める新入生数の目標を数値化することです。漠然とした目標ですと達成したかの評価も難しいため、去年の倍である六名を目標としました。そして三つ目は、全員にこの目標を共有することです。サークルを大きくするためにはこの目標を達成することは必要不可欠だと伝えると、みんな協力してくれました」

私が怖かったみたいで、皆がいじめに協力してくれました。

「みんなの協力のおかげで、私たちのサークルは目標を達成することができました。この経験を通じて、自らの強みを理解し、チャレンジングな目標を立てることの大切さを学びました」

いじめは追及されそうになったけど、うまく誤魔化すことができました。この経験を通して、私は自分に自信をつけることができました。

女の面接官が、馬鹿にするような笑みを抑えず質問してきた。

「ありがとうございました。えっと、イベントサークルの新歓活動を頑張ったということですね。ちなみに六名という目標の根拠はありますか？」

「はい、去年の人数が……」

「いえ単純に去年の人数の倍にしたいというのはお話の中で伺ったのでわかるのですが、たとえばサークルの運営には何名必要であるとか、そういったことは考えませんでしたか？」

「結論から申し上げますと、私たちのサークルでは活動に足りない人数を算出したというわけではありません。しかし人数が少ないことにより、渉外活動などで一人一人への負担が増えているという実感がありました。そのため人数を去年よりも増やすことは必須であると考えました」

　いじめられた瑞樹は、こういうときにもおどおどして、何も答えられないんだろうな。向こうが求めているのは正しい答えじゃなくて、それらしく聞こえる答えなのに。

「わかりました。最後に、何か質問はありますか？」

「はい。この面接を通して私の直した方がいいところがあれば、教えていただきたいです」

「そうですか。じゃあ、どうぞ」

　男の面接官が女の面接官に促した。

「とりあえず新入生の数を倍に、という気持ちもわからなくはないですけど、数字には根拠があるといいですね。後付けで達成できる数字を言っているだけのようにも聞こえてしまうので」

　女が再び馬鹿にするような笑みを浮かべる。もしかしたら、この人の笑顔はこれがデフォルトなのかもしれない。

男も固めた髪を撫(な)でて、そうですねと同意した。

「サークルの規模がわからないと判断つかない部分もありますね。僕はね、ちょっとテイストが違うんですけど、なんとなく、全体を通して台本を読んでるような感じがしたんですよね。最近の若い人ってあれですか？　三つあるって言うのが流行ってるんですか？」

女がまた苦笑いを浮かべる。

でも、そいつの頭の上からシーブリーズをぶっかけるところを想像したら、少しだけ気持ちが落ち着いた。あの出来事は私にとって、緊張しないためのおまじないのようになっていた。

「ありがとうございました。参考にさせていただきます」

促されて会場を出る時も、私は堂々としたふるまいを一秒たりとも忘れなかった。


「正直楽勝だった」

拓馬(たくま)に話すと、えー？　という声がした。

「そうか？　俺には結構やばいように聞こえたけど」

「やばいって？」

「口答えしたんだろ？　面接官に」

「いや口答えとかじゃないし」

「どうだか」

そう言うと拓馬は、カフェラテ一口ちょうだい、と私のカップを勝手に奪った。

「でもまだ一次だし行けると思うんだけど」

「結果いつ出んの」

「明日の十五時までに合格者だけ」

「出たサイレントお祈り」

「まあね。てか受かった時もお祈りして欲しいんだけど。私の今後の大活躍を」

「調子乗りすぎ。マジで落ちるぞ」

「うるさ」

拓馬はこう言ってるけど、正直一次面接は楽勝だった。Nフーズは挫折体験を聞かずに成功体験だけを聞くらしいという拓馬の情報も完璧だった。さすが、元ラグビー部の情報網。

拓馬を通して知り合ったリクルーターの辻本さんに、お礼のLINEを打っておいた。

【坂口怜奈：辻本さん　お世話になっております。本日御社の一次面接に伺いました。素敵な社員の方にお会いして、この会社で働きたいという想いが一層強くなりました。

今後ともよろしくお願いします】

【辻本大輔（だいすけ）：そんな堅いLINEじゃなくていいですよ笑　それはよかったです。僕も坂口さんとはぜひ一緒に仕事したいと思っているので、楽しみにしています！　そろそろ、次の面談の日程を決めましょうか】

　お、これは受かってるパターンかも。

　リクルーターというのは、自分の出身大学で採用活動を行っている社員のことで、私たちと年齢が近い人が多い。辻本さんも私の二つ上で、採用活動をする人というよりは先輩みたいな感じだ。本来の業務と並行して私たち就活生のサポートを行い、優秀な人材を他社に流出させないための制度なのだそうだ。

　主にカフェで行われる面談での話題はその時によってさまざまで、普通の面接みたいな質問をされることもあれば、選考を通りやすくなる秘訣（ひけつ）みたいなものを教えてもらえることもある。今日の最後の逆質問でたじろいだりしなかったのは、事前に辻本さんに何を質問するべきか聞いておいたからだ。

　一次面接の結果が出る前に面談のセッティングの話が出たということは、辻本さんは私が受かると見込んでいるということだ。辻本さんが人事と直接つながってるわけではないらしいので、この面談で結果がわかるということはないけれど。

「何？　辻本さん？」

拓馬が私の画面をのぞき込む。

「そ。これは受かってるっしょ」

私は自信満々で面談の日程調整中のＬＩＮＥを見せた。

「見込みない子に面談しないって」

「違う目的かもよ」

辻本さん女好きだからなぁ、と拓馬がふざけて言った。辻本さんは拓馬と同じラグビー部の先輩で、だから私は紹介してもらえたのだ。

実は一度それとなくホテルに誘われたことがあると言ったら、拓馬は怒るだろうか。冗談めかして断ったから、今でも普通に話せているけど。

そんなことを考えているうちに辻本さんからいつものカフェでお待ちしていますＬＩＮＥが来た。

【辻本大輔：それでは明日の十六時からいつものカフェでお待ちしています】

【坂口怜奈：承知しました。よろしくお願いします】

返信してすぐ、拓馬にも画面を見せる。

「ほら、明日だよ明日。面接の結果出る時間。これは受かっちゃってるわ」

「浮かれんなよ」拓馬は楽しそうに笑った。この笑顔が、本当に好き。

「浮かれてないですぅ」

「ま、応援してっから」

拓馬はそう言うと、内定先の課題があるから、と言ってどこかに行ってしまった。

いいなあ、外資組。選考早くて。

私だって外資系を受けてみたかった。自分の実力というか、どこまで通用するかを測ってみたかった。でも無理だと何となくわかった。私は拓馬みたいに体力ないし頭もそんなに良くないし世渡り上手じゃないし、華やかな部署に回してもらえるほど美人じゃない。そもそも、私は英語ができない。だから外資は諦めたのに。拓馬を見ていると、無理だとわかっていたって挑戦くらいしてみればよかったなと、ほんの少しだけ羨ましく思える。

ぼーっとしていると、後ろから声がした。

「怜奈じゃん！」

声を上げたのは咲子だ。隣にいるすみれが、わ、すごい偶然！と珍しく高い声を出してはしゃぐ。今日は二人ともスーツを着ている。

「なんか久しぶりだね」

「ちょっと怜奈、テンション低くないー？」

咲子が大声でケラケラと笑う。二人が私抜きでランチをしたのはＩｎｓｔａｇｒａｍを見ればバレバレなのに、どうしてこんなに堂々とできるんだろう。

就職活動が私たちを切り離した、と私は思っている。私は食品系志望で、二人はブライダル系志望。それだけで、仲良し三人組だった私たちは別行動をすることが多くなったのだ。同じ学部で同じサークルに入っていても、仲の良さはいつまでも続くわけじゃない。

「そう？　いつも通りだけど」

「ま、さっき拓馬君といちゃついてたの見ちゃってたけどね」

すみれが肩をすくめた。

「とにかく、元気そうでよかった」

「ほんとそれ、就活でみんな病んでるから心配してたんだよー？」

咲子は相変わらずのハイテンションで笑っている。

「ありがと。二人は今日も面接とか？」

私は平静を装って聞いた。ライバルってわけじゃ全然ないけど、それでもどこまで進んでいるのかは気になった。

「うん、まあね」

濁すように答えるすみれに、何次？　とか、同じ企業受けてるの？　とは聞けなかった。踏み込むところを間違えると、友情のバランスは一気に崩れてしまう。

「怜奈はどうよ？　就活」

咲子が無邪気に聞いてくる。自分の情報は出さないくせに、相手の情報は全部聞き出す、この子の怖いところだ。私と拓馬の話も、ほとんど喋らされるので筒抜け状態だった。

「……まあまあかな」

「へえ。よかったね」

咲子が急にこちらに興味をなくしたような顔をした。私は慌てて言った。

「これから帰る？」

「いや、うちら授業あるからさ。再履が残ってんの」

すみれがニコニコしながら言った。そういえばこの二人はそろって落とした授業があった。

「ご愁傷様です」

私は頭を下げて、授業に向かう二人を笑顔で見送った。


青砥駅を降りると、私はいつも通り角のファミリーマートに行った。

いつから帰りにコンビニに寄る習慣ができたのかは覚えていない。一度雨宿りにこのファミリーマートで雑誌を立ち読みしてから家に帰ったら、いつもよりも前向きな気持ちになれた気がしたのだ。それがいつのことだったか、思い出せない。

今日は、週刊夕方を読んだ。日ごとに読む週刊誌を変えてみているけど、どれも似たような内容が書いてあるだけだった。

週刊誌って、書いてある内容じゃなくてその書き方にお金を出しているのかもな、と何となく思った。

「すいません」

後ろを通っていく家族。一列で緊張したように歩いていたので気味が悪い。そう思って見ていたら、三番目を歩く女の子に目を奪われた。

あんな可愛い子、見たことない。

反射的に四番目の男の子を見ると、何とも言えない微妙な顔で、我が家とは逆のパターンだと思った。女の子はお父さんに似て、男の子はお母さんに似るようにしたの、神様が犯した最大のミスだと思う。

でも、私はいいや。拓馬がいるし。あんなに優しい彼氏がいれば、全部帳消しでしょ。たとえ、最近はまともにデートしていないとしても。

週刊夕方に目線を戻した。「ドラマ打ち上げ不倫!?」と書かれた見出しと、タレントが肩を組む姿。その楽しげな姿に腹立たしくなり、ページを閉じてラックに戻した。

家に帰り、しばらく自室で昼寝した。目を覚ましてリビングに向かうと、お母さんがご飯を作っているところだった。今日は包丁が研ぎたてだからご機嫌だった。

「おかえり、怜奈。早かったのね」

時計も見ずにそう言うと、お母さんはチャーハンを盛りつけ始めた。私がすでに帰ってきていたということには気づかなかったらしい。

私が思ったより早く帰ってくると感じているのにチャーハンを盛りつけているということは……。

「あ、おかえり」翔が トイレから出てきた。やっぱり。

お母さんは弟に異常に甘い。私はテストの点が悪かったら怒られたのに弟はどんな点でも頑張ったって言われてるし、家に帰るのが遅くてもお咎めなし。弟が帰って来るや否や、お母さんは食事の支度を始めるのだ。

「早かったね、怜奈」

「何二人して同じこと言って、むかつく」

「まあまあ怜奈、翔をいじめないの」

お母さんが仲裁に入ったように笑うが、一応あんたも原因なんだけど、と、心の中で思う。

チャーハンは三人分すぐに用意されて、仕事で遅いお父さん抜きの晩御飯がいつも通り始まった。

「怜奈は、面接どうだった？」

「まあまあ。たぶん行けたんじゃない？」

「そんなこと言ってこの前、滑り止めの企業落ちてなかったっけ」

翔が茶化した。

「お姉ちゃんだって大変なんだから、そうやってからかったりしないの」

お母さんがなだめるように口角を上げる。

私は改めて翔とお母さんの顔を順に見た。そっくりな、美しい顔。さっきコンビニで見た女の子みたいな、美形の遺伝子が入っていますよ、って顔。

「いいなあーお母さんと翔はめっちゃきれいな平行二重と涙袋があって鼻筋も通っててさぁ」

「何よ今更。今日の面接で何か言われたの？」

お母さんが興味なさそうに言った。別に何も言われてないけど、仮に面接でブスって言われた、とか言ったらどうするつもりなんだろう。

「お母さんと違って私は顔採用狙えないしなぁ」

嫌味のつもりでぼそっと言ったら、あら、顔採用なんて言葉まだあるの？　とお母さんが顔をほころばせる。

「お母さんのころの就活は、こんなに大変じゃなかったわよ。一般職ってやつにお母さんもなったもんだわ。お嫁さん候補だなんて、今言ったら炎上よねぇ」

「ていうか一般職ってめちゃくちゃ今倍率高いからね」

　私は思わずむっとしてしまう。

「そうなの？　今の子は大変ね」

「……そこでお父さんと出会ったんだっけ？」

　翔が機嫌を取るように、何度も聞いた馴れ初め話をあえてお母さんに振った。

「まあ、ね」

　ね、のところでお母さんが首を傾けた。五十代になってもこのポーズをして許されるのが、顔採用されるような人なんだろうと思った。

「お母さん、仕事苦手だったのよ。それをお父さんが助けてくれることが多くて、正式に上司の方に紹介してもらってね」

「はいはい」

　でたでた嫁採用、とまたしても炎上しそうな言葉を思い浮かべながら私はチャーハンを口いっぱいにほおばった。お父さんにそっくりな私の大きな口は、大きなレンゲでご飯を食べるのにとても便利だ。

　私は、お母さんと違って実力で採用されてやる。そう思ったが、彼氏に頼ってリクルーターを紹介してもらっている時点で大差ない気もする。だったらお母さんの事をバカにすることもできない。

「そういえば、怜奈はＡＩＴｕｂｅｒの舞璃花って知ってる？」

「何それ。アニメ？」

お母さんが話題を変えてきたので、一応ちゃんと反応してあげた。

「違うわよ。ＡＩのＹｏｕＴｕｂｅｒで、本の紹介とかをしてて今若者に大人気らしくて」

「少なくとも私の周りでは流行ってないけど」

そう言いながら、最近友達とゆっくり話していないことに気づく。

「そうなの？」

お母さんが怪訝そうにこちらを見たのにイラついて、そうだよ、と強めの声で言った。

「そもそもそんなＡＩのＹｏｕＴｕｂｅｒが流行ってるなんて、誰が言ったの？」テレビ？　と聞く。

「ううん。お母さん、区の読書サークルに入っているでしょ。そこで今日紹介されたのよ。娘さんなら知っているかもって」

「でもそれ紹介してたのもおばさんなんでしょ？」

思わず失笑気味に言った。新しいものに節操なく飛びついて、若くなった気になっているおばさんは痛々しいと思う。若くなくなったら年相応にわきまえろと、ありとあらゆるメディアが伝えてくるから。

「それはそうだけど」

お母さんが唇をツンととがらせる。これも、私には許されない表情。

「とにかく、私は知らない」

席を立ち、わざとかったるそうにお皿をシンクに置いた。チャーハン用の深いお皿が、いつもよりも重く感じられた。

＊

待ち合わせたカフェの前はいつもよりも混んでいて、私はスマホと目の前の景色を交互に見て辻本さんを探した。

「あっ」

辻本さんがいた。向こうはまだ私に気が付いていないみたいだ。

「こんにちは、辻本さん。K大学の坂口怜奈です」

そう大きめの声で言うと、辻本さんは少しびっくりしたような顔をしてこちらを見た。

「辻本さんで合ってますよね？」

私は自信を無くして小さい声で言った。

少しして、辻本さんが思い出したように笑顔になって、いつものように明るく笑ってくれた。

「坂口さんね！　お久しぶりです。辻本です。中、入りましょうか」

「はい」

私はそう返事してから、辻本さんが私をすぐにわからなかった理由がわかった。このカフェには、今日は就活生がたくさんいる。

「大学は？」

「授業がないので寄っていません」

「へえ、じゃあ今日もどこかしら面接受けたんだ。注文何にする？」

そう言っていきなり振り返った辻本さんにびっくりしながらも、アイスティーを頼む。

この面談は一応ＯＢ訪問に換算されるようで、飲食代は辻本さんの会社の経費で落ちるらしい。私はいつも、そのお店で一番安い飲み物を頼んでいる。

席に着くと、辻本さんは爽やかな笑みを浮かべて言った。

「ひとまず、一次面接通過、おめでとうございます」

辻本さんがやたらとかしこまって言うので、私は思わず笑ってしまう。

「え、結果まだ言ってないですよね？」

「いやー受かったって自信が体中からみなぎってたからね。実際受かったでしょ？」

辻本さんはそう言いながら、何かノートを取り出してテーブルの上で開いた。

「はい、辻本さんのおかげです」

私は模範解答を繰り出して、アイスティーを一口飲んだ。辻本さんみたいな明るくて自信のある社会人に、私も早くなりたい。

「で、今日はどこかの面接受けてきたの？」

さっきぽろっと言っていたことをもう一度確認された。こうやって選考の進捗を管理するのが、会社から言われている仕事なのだろう。

「はい、Ｓフードコンサルティングを受けてきました」

「あーＳコンね。あそこ一次はグルディスでしょ？」

「そうですね。辻本さんがおっしゃっていた通り、和やかな雰囲気のグループディスカッションでした」

辻本さんはノートに何かを書き込む。こうやって他社の選考もサポートしてくれるのが、この制度のいいところだ。

「で、そこは第一志望群？」

「まさか」

私は周りに聞こえないように小さい声で言った。

「第一志望は、Nフーズだけです」

「よかった。安心したよ。僕は本当に坂口さんと働きたいと思っているからね」

辻本さんは綺麗な笑みを浮かべた。

「じゃあ、前の面接の極秘フィードバックと、次の面接へのアドバイスがあるからちょっと待ってね」

「ありがとうございます」

私が座ったまま礼をすると、辻本さんは鞄の中からファイルを取り出して、一枚の紙を私に見せてくれた。

「これが一次のフィードバック」

フィードバックシートと書かれた紙を見ると、私の面接への評価がびっしりと書かれていた。

「これ、私が見ちゃってもいいんですか？」

「見たってことを誰にも言わなかったらね。言ってるでしょ？　坂口さんの内定のサポートをできるだけするって」

「ありがとうございます」

感激しながら見ると、そこには「笑顔が下手」と大きく書かれていた。

「私、笑顔が下手なんでしょうか……？」

「そこ気にする？　坂口さん面白いな。笑顔がどうっていうのは結局顔の好みだから、あんまり気にすることないよ。むしろ見てほしいのはここ、話す内容」

そのあとも辻本さんはいろいろと話してくれたが、どれも耳には入らないままその日は解散した。新歓の具体的人数を言うのを避けてもっと感じよく接すればいい、みたいなことを言っていた。拓馬の言う通り、口答えをしたように捉えられてしまったのかもしれない。

顔の好み。

私は顔が可愛いタイプではない。拓馬にも「怜奈の好きなところは中身。見た目は全然タイプじゃない。すみれとかは裏表ありそうだけど、怜奈はひっくり返しても表が出てきそう」とはっきり言われたことがあり、嬉しかったけど悲しかった。彼氏にすら、可愛いと思ってもらえないのだ。

第三章

5.

アネ　五月

Tシャツの上に薄手のカーディガンを着ようとして鏡を見たら、肩に昔できたあざが見えた。

「あざ、消えないな」

ダンス部に入ったのはちょうど三年前、高校に入った時だった。ダンス初心者だったけど華やかだったし、茶髪オッケーっぽかったし、私と似た雰囲気の子はだいたい入るって言ってたし、それくらいの理由で入部を決めた。

仮入部が終わってからの毎日は、正直地獄だった。先輩の彼氏に告白されたことが原因で一つ上の代に嫌われた私は、毎日のように「特別指導」に呼ばれた。女の先輩にビッチだとかなんだとか罵られ、トイレで殴られたり蹴られたりした。日に日にあざが増えていったが、なんとか隠して学校に行った。ダンス部をやめなかったのは、別の高校に行った友達がうちのダンス部のファンで、私のことを応援してくれていたからだ。

あざを隠して大会に出た。出番の直前まで吐いていても本番は明るい笑顔で踊った。頑張れば頑張るほど、いじめは激しくなった。

ある日、張りつめていた糸がプツンと切れたように、私は高校に行けなくなった。両親にいじめのことはもちろん話してなかったからとても心配された。毎日毎日「ごめんなさい」と言って泣くだけだった。

何もすることがなかったので家にあった本を読み始めた。読んでいくうちに本に興味が出てきて、もっと面白い本を紹介してくれる人がいないかネットで探してみた。そこで『完全自殺マニュアル』を紹介する可愛い金髪の女の子、舞璃花に出会った。

舞璃花の紹介した本は今までで三百冊を超えていたけど、私はそれを全部読んだ。新しい本のページを開くたびに、自分の世界が広がっていく気がした。

高校は結局中退しちゃったけど、舞璃花のおかげで文学部に行きたい、という新しい夢ができた。美容室に行けなくなってムラになった茶髪も黒く染め直した。今は、高卒認定試験の勉強中。

「よし」

着替えが終わり、私は気合を入れるために声を出した。今の私にとっての友達は、あのカゾクしかいない。

いつも持ち歩いている鞄を持って部屋を出る。

「いってきます」

みんな仕事に行っちゃったから誰もいないけど、一応、出かける挨拶をして家を出た。


「久しぶり」

ママが二週間前に見たのとちょうど同じ形の笑顔で言った。前回の反省を踏まえ、もう料理はテーブルに運ばれてきた後だった。

「ま、まあ、に、二週間ぶり、ですけど」

オトウトがつっかえながら喋った。オトウトの話し方に、私たちは最初びっくりしていた、と思う。皆で顔を見合わせたし。でもこの子を見守ろうみたいな空気が生まれて、今では誰も彼の喋り方を気にしない。

「今日も、舞璃花さんはいないんですね」

パパが少し残念そうに言った。この人、下心があってこの会参加したんだろうな。こんなど平日にオフ会に参加するおじさんなんて、限りなく無職っぽいし。

「そうみたいね。ＬＩＮＥは来ていないかしら」

ママがそう言ってスマホに目を落とすと、ちょうど、舞璃花からＬＩＮＥが来たタイミングだった。

【マリカ：おはよう！☆　今日は二回目だね！☆　具体的な作戦を話そうと思います！☆】

【オトウト：よろしくぅw】

オトウトのリアルの喋り方とLINEの喋り方のテンションの違いには、私は未だについていけていない。リアルくらいでちょうどいいのに、LINEの喋り方は若干うざい。

【マリカ：オトウト君いいねー！☆　じゃあ、具体的な方法をノートに貼り付けるからみんな目を通してね！☆】

【マリカがノートを投稿しました】

投稿されたノートのページを開くと、印刷したらA4一枚くらいになりそうな作戦がびっしり書いてあった。やるのはネットの嫌がらせと電話を使った就活妨害とストーキングの三つだった。

ネットの嫌がらせは大きく分けて二つ。一つはターゲットのレイナさんの過去をでっちあげたブログを書くこと。もう一つは偽の本人風のTwitterのアカウントを作って企業の面接情報を流すこと。どちらも今大学四年で就活中のレイナさんを妨害するためだ。

それから、電話で内定の辞退を申し出る。

ストーキングは、情報収集のためもあるけど、単純な嫌がらせのためでもある。

【マリカ：それで、ストーキングって言葉ちょっと怖いから、別の言葉でいうことにしない？　鬼ごっこ、とか！☆】

【オトウト：鬼ごっこいいですねw】

盛り上がる二人を横目に、私は不安に思ったままに文字を打った。皆が私をちらっと見て、そのあとすぐにスマホに目を落とした。

【アネ：でも、うまくいくかな】

【マリカ：マリカもやったことないからわかんないけど、みんなで一緒にやれば大丈夫じゃないかな！☆】

テキストの能天気さに、思わず笑ってしまう。

「まじ無責任なんだけど」

高卒認定試験を受けることを勧めてくれたときも、やってみたらどうかなと言ってくれたのを思い出した。ある意味、舞璃花のスタンスは一貫しているのだ。

「アネちゃんが不安に思う気持ちもよくわかるわ」

ママがにっこりと笑った。

「とにかく、誰が何をできそうか、分担を考えてみたらいいんじゃないかしら」

「そうですね」

パパが同調する。

「ぜ、全部で何個役目があるんでしょうか」

「そうね……」

ママがスマホを見ながら、開いた大学ノートに何かを書き始める。

『やるべきこと
①情報収集（鬼ごっこ）
②なりすまし（Ｔｗｉｔｔｅｒ、電話など）
③レイナの過去をでっちあげる（ブログ）』
書き終えたママはノートをテーブルの中央に移動させた。

「大きく分けるとこの三つってことになるわね」

「はあ」書く必要ありますか、とは言えなかった。

「じゃ、じゃあ、そ、それぞれできそうなことを、い、言ってみませんか」

オトウトが、だんだん発言をたくさんするようになってきた気がする。って、本当の弟みたいに見守っている自分が、なんだかおかしい。

「私は電話かな」

多分レイナって子と一番声質が似てるだろうし年も近いしと、家でじっくり読んだターゲットの資料を思い出しながら私は言った。本当は、一番楽そうだと若干思ったからだけど。

「電話ね」

ママがノートの電話という文字に線を引く。

「確かに、声質は若くて似てるかも。パパは？」

ママがにっこりと笑いかけると、心なしかパパは嬉しそうな顔をした。

「そうですね……。僕はネット関係ですかね」

「ネット関係？」

ママが優しく聞き返す。

「はい。システム関係のことは皆さんよりは詳しいかと」

「そう言えば前もサーバがどうとか言ってたもんね」

私はあえて素っ気なく言った。

「はい。ですので二番のＴｗｉｔｔｅｒと三番のブログは、内容さえできていれば作ることはできるかと」

「頼もしいわね」

ママがＴｗｉｔｔｅｒ、ブログと書かれた文字を消す。

「オトウト君は？　この前レイナさんを観に行ったときは、観察眼が冴えていたけど」

「そ、そうですね……。も、もしかして僕って、ストーカーが向いているんですかね……。あは……。あっ、鬼ごっこか」

笑うべきところなのかわからず、テーブルは変な空気になった。いらっしゃいませー、という店員の声が虚(むな)しく響く。

ママが慌てたように笑顔を作って言った。

「そうね、じゃあオトウト君は、情報収集するのはどうかしら」

紙に書かれた鬼ごっこという文字を、ママが丁寧に消す。

「は、はい」

「それで私は……」

ママは残された文字がないことを確認して言った。

「ブログとか、Ｔｗｉｔｔｅｒの文面を考えようかしら。それから、お姉ちゃんの電話の内容とかをサポートするから、お姉ちゃんもこちらを手伝ってくれると嬉しいわ。レイナさんと年が近いから、いろいろ分かるでしょうし」

「もちろん」

「じゃあ、決まりね。皆さん、ご飯を食べましょう」

運ばれていた料理はすっかり冷めていたけれど、私たちは少し高揚した気持ちでそれを食べた。

食後、ママが思い出したように、「電話してみる?」と言った。

「な、内定辞退の電話ですか?」

「ううん。無言電話の方。誰かに電話かけるのに、早めに慣れてもらいたいし」

ママに見つめられ、私は黙って頷いた。

「今、かけてみます」

パパに非通知設定にする方法を教えてもらい、自分の携帯からレイナさんの家電にかけてみる。

「もしもし、坂口です」

男の子が出た。私はスマホのマイクを押さえて十秒数えはじめた。普段はあっという間に過ぎるはずの十秒が、その日はとても長く感じられた。

「は?　きっもいんだけど」

相手の怒ったような声が聞こえて、慌てて電話を切る。

「どうしたの?」

ママが心配そうにこちらを見ている。

「なんか、男の子が出て、きもい、って言われて」

「そ、それはひどいですね」

オトウトが珍しく大きな声を出す。私のために怒ってくれて嬉しくなったが、よく考えたら、無言電話をした私の方が悪いとも言える。

「いや、でも、これで大丈夫なはず」

「電話に慣れたということですか？」

「……まあ」

皆が本当にこいつに任せて大丈夫なのか、みたいな顔をした。その気持ちがよくわかったから、私は何も言えなかった。


そのあと、私たちは青砥駅に向かった。毎週木曜日は、四人で「鬼ごっこ」をすることにしたのだ。ママはデニーズでこう言っていた。

「毎週毎週同じコンビニに同じ家族がいたら不気味でしょう？」

「ら、来週はどうしますか」

オトウトは早くも来週の話を始める。

「次は来週にしましょう。それまでに私とお姉ちゃんはブログとTwitterの文面と、内定辞退の電話のテンプレートを作りましょう。オトウト君は可能な限りでいいからレイナさんの情報を集めて。大学も特定できているみたいだから、学部とか、仲のいい友達まで分かると嬉しい。でもくれぐれも無理はしないで。パパは特定されないための準備を進めてほしいわ」

ママがはきはきと喋っているのを、私たちはそれぞれスマホでメモした。

【マリカ：みんな、順調？☆】

「あ、舞璃花から」

私は小さく呟いて、「順調だよ！」と返しておいた。

「議事録を作りたいから、みんな今のメモをＬＩＮＥのノートにあげておいてね」

ママの声に頷き、私たちはそれぞれノートに今日のまとめを投稿した。あとでママが整理しておいてくれるらしい。

またパパとママに奢ってもらってデニーズを出た。

青砥駅のファミリーマートに行くと、やはりレイナさんがいた。今日は前回と違って週刊群衆を読んでいて、私たちは一人一本ずつミネラルウォーターを買って帰った。

【ママ：アネちゃん、Ｔｗｉｔｔｅｒの文面できた？】

【アネ：はい。今ノートに貼り付けます】

私はなりすましアカウントのＴｗｉｔｔｅｒの文面をＬＩＮＥのノートに貼り付けた。レイナさん本人だけじゃなく、レイナさんの友達のアカウントも作ってみてはどうか、ということも含めて。

前回の鬼ごっこから、私たちはそれぞれ復讐のための活動を続けていた。

オトウトはやはりストーキングが得意だったみたいで、レイナさんの大学までついて行ってレイナさんに彼氏がいることまで調べていた。雰囲気が地味だから印象に残らないのがいいのかもしれない。また、人事担当者風のSNSも担当することになった。

パパは、ネット環境を整えて特定を防ぐ準備をしていた。と言っても私にはよくわからないので、完全にパパに任せている。レイナさんについて以外の多数ブログ記事もパパが書いてくれるらしい。

ママは私と一緒に内定辞退の電話の文言やブログの文面、それからTwitterの文面を考えている。特に力を入れているのがブログで、レイナさんをカリスマパパ活女子だということにしてしまおうと盛り上がっている。

「復讐って、こんな風にできるんだなぁ」

呟くと、リビングでお母さんが呼んでいる。そうか、今日は日曜日だ。

食卓にはお父さんはいない。多分忙しいふりをするために、図書館に行っている。本にハマりだしたころ、夜ご飯を食べた後に図書館に本を借りに行き、閲覧室で寝ているお父さんを偶然見てしまったことがあった。いつも仕事で残業だと言ってたけど、働き方改革やら何やらで早く家に帰されてしまうらしい。

普通に帰ってくればいいのに。なんてお父さんに言えるわけがない。私が高校を中退して今の状態になっていることを、一番怒っているのはお父さんなのだ。私と食卓で顔を合わせたくなくてそんなことをしているのかもしれない。

「お昼ご飯は？」

呼ばれたから、今日は作ってくれたかも、と思って聞いてみた。

「え？　自分で作りなさいよ」

何言ってるの、みたいな顔をするお母さんにがっかりして、私はなにも言わずにご飯をよそって、冷蔵庫から納豆を取り出した。両親が共働きの私の家では、ご飯はそれぞれが作るけど一緒に食べる、がルールになっている。お母さんと別々のご飯を一緒に食べ終わって部屋に戻ろうとすると、大学のパンフレットが目についた。

「何これ」

「ああ、なんか行きたいところがあるのかと思って」高卒認定試験の資料、この間取り寄せてたでしょ、とお母さんが当然のように言った。

「私宛ての封筒勝手に開けないでって言ってるじゃん」

ムキになって言うと、私は部屋に戻った。復讐が終わるまでは高卒認定試験は正直どうでもいいという気持ちになっていた。

ふと、カゾクのグループにＬＩＮＥした。

【アネ：企業担当者風のＴｗｉｔｔｅｒを作って、そこに暴言吐くのはわざとらしす

ぎますかね？】

【ママ：いいと思うわ。それも文面ができ次第送ってください】

【アネ：了解です】

【マリカ：二人とも頼りになる！☆】

そのあとオトウトによる鬼ごっこの効果的なやり方の解説が始まったので、私はLINEから離脱した。

企業の担当者に送る失礼なリプライを考えるのなんか、ライターの仕事をしているみたいでワクワクする。仲間と同じ目標に向かって頑張るのって、部活みたいでちょっと楽しいかも。

将来社会人として働く、とかイメージ出来てなかったけど、バイトくらい始めようかな、という気になってくる。

久しぶりにカーテンを開けると、部屋に差し込む光がキラキラとうるさくて、でも、それがなんだか嬉しかった。

＊

「いらっしゃいませー」

私たち四人は次の週、またデニーズに来ていた。私は少し緊張しながら、案内されるままに席に着いた。

「ご注文お決まりのころお伺いしまーす」

「あ、注文いいですか」

ママは立ち去ろうとする店員に、いつものメニューを注文した。正直ミックスグリル飽きました、とは言わないで、私は大人しく座っていた。

「……あれから進捗ありましたか？」

仕事みたいな聞き方をするので、私が少し笑う。

「パパ堅すぎ」

「まあまあ、アネちゃん。私たちの仕事はだいぶ終わりましたよ。Ｔｗｉｔｔｅｒの文面とブログの内容、それから内定辞退の電話の文言」

「素晴らしいですね」

だからパパ堅いって、と言おうとしたら、オトウトが口を開いた。

「ぼ、僕もいろいろ調べて、れ、レイナさんが受けている企業のうち五個はわかりました。ど、どれも滑り止めみたいですが」

「すごいじゃん！　舞璃花に報告しよっと」

カゾクＬＩＮＥに文字を打ち込み、何も考えずに送信ボタンを押した。

【アネ：マリカ、すごいよ。オトウトね、レイナさんが受けてる企業特定したんだっ

て！　やばくない？】

【マリカ：すごい！　さすがだねオト君！】

私たちの中でオト君と呼んでいる人はもはやいなかったけど、舞璃花が喜んでいるのはいいことだと思った。

「あと、今日からは無言電話は夜にした方がいいと思うの」

ママが私の方を見たので、私は軽く頷いた。

「家族が集まる時間ってことですね」

「正解。さすがお姉ちゃん」

「毎週集まる日の夜にかけるようにしますね」

「うん、よろしく」

ママがにっこりと笑った。

ファミリーマートに行くと、予想通りレイナさんがいた。今日も一人で週刊誌でも読んでいるのかと思ったら、今日読んでいたのはファッション誌だった。ファッション誌の表紙を見てため息をつき、買いものカゴに入れている。

周りのことなどまったく気にしていない様子だったので雑誌の表紙を見ると、「やっぱりプチ整形、やっちゃう？」という特集のものだった。

私たちは無言で目くばせし、ママが彼女の方に向かったのでそれに続いた。本来、ストーキングをするのであれば相手への接触はできるだけ避けるべきだが、ふくよかな彼女のせいで周りのお客さんが迷惑しているのだから仕方がない。

「あの、すみません」

ママが声をかけると、レイナさんはこちらを睨むようにじろっと見た。それからすぐに、

「あ、ごめんなさい」と小さい声がして、レイナさんがその場を離れた。

私たちは何事もなかったかのように彼女のそばを通りすぎて、一人一本ミネラルウォーターを買って店を出た。

家に帰ってから坂口家に無言電話をかけると、レイナさんが出た。彼女は弟と違ってキレなかったので、私は落ちついて十秒数えてから電話を切った。

6.　　　　　　レイナ　五月

面接の帰り道にいつものファミマに寄って、柱についている鏡に向かって笑顔を練習してみた。面接には落ちてばかりで、変わり映えのない一か月だった。

「駄目だ」

ほっぺに肉が付きすぎているせいで口角が上がらず、笑顔がぎこちなくなってしまっている。これじゃあ、笑顔が下手って言われちゃうよね。

いつも通り立ち読みコーナーに行くと、今日はファッション誌の「やっぱりプチ整形、やっちゃう？」と書かれた特集が気になって、就活貧乏なのに思わずそれを買おうと買い物カゴに入れていた。就活のために整形なんてばかばかしいと思っていたけど、案外ありなのかもしれない。今の私が面接官に反論したら「歯向かってきた」って評価になるけど、もしも顔が可愛かったら、「自分を持っている」みたいな評価になるかもしれない。

スマホを開くと、一週間以上前に最終面接を受けた抑えの企業からお祈りメールが来ていた。Ｉｎｓｔａｇｒａｍを見ると、咲子が「とりあえず一安心って感じ」とストーリーに投稿していた。どこかで内定が出たのだろう。

日系就活をしている子に、もう内定を持っている子がいるのだ。

他の子には内定が出始めているのに、私には内定が出ていない。

やっぱり、顔？

顔が可愛ければ、採用された？

「あの、すみません」

後ろから声がして振り向くと、おばさんがこちらを迷惑そうに見ていた。私がいるから、通れないということみたいだ。後ろには女の子と男の子とおじさんまでいたので、思ったより長くここにいてしまったのではないかと不安になった。

「あ、ごめんなさい」

小さい声で謝ると、自分まで小さくなったような気持ちになって、なんだか惨めだった。

惨め？

私が？

あの頃、女王様だった私が？

柱に備え付けられた鏡を見ると、一瞬だけ、自分の輪郭の中にいじめていたあの子が映ったような気がして、私は小さく息をのんだ。

家に帰ると、誰もいなかった。今日は翔がサークルの飲み会で、お母さんは読書サークルの人との集まりがあると言っていた。

家には、私しかいない。

部屋に入ってジャケットを脱ぐ。シャツとスカートを脱ぎ捨て、ブラジャーのホックを外して肩からぶら下げたままジャージを着る。何とも言えない解放感に包まれて、私はそのままベッドに寝転がった。

「メイク落とさなきゃ」

枕が汚れてしまう、と寝た瞬間に思って、なんだか余計に疲れた。やっぱり男の子って羨ましい。ずっとすっぴんでいいのだから。

今日は大学の授業がなくて予定が一つもなかったのに、辻本さんに会うだけのために私は就活用のナチュラルメイク。Sコンの面接だって今日受けたわけではない。他に何の予定もないと辻本さんに思われたくなかった。一つだけの予定のためにわざわざメイクをするって、ちょっとデートっぽくてウケる。

洗面所でクレンジングオイルをメイクになじませると、今日の疲れをそのまま吸い取ってくれるみたいに、オイルがどんどん汚れていった。ほっぺは薄だいだい、目の周りは茶色、唇はピンク色……。顔のパーツごとに疲れの色が違うみたいで、私は小学生の頃の色鉛筆を思い出した。顔をオイルでぐりぐりこすると、色鉛筆で全部の色を混ぜた時みたいに汚い黒色になった。

「あーすっきりした」

　低い声でそう言うと、汚れが全部落ち切った気がした。そのまま洗顔まで済ませたら、タオルで顔を豪快に拭いて、買ったばかりのオールインワンジェルを塗りたくる。

　毎日、これの繰り返しだ。

　朝起きて洗顔フォームで顔の一番薄い層を剥がして、オールインワンジェルのベールを重ねてから色鉛筆を塗って、出かけて。家に帰ってきてから色鉛筆を剥がして、朝重ねたベールと一番薄い層をまた剥がして、ベールを重ねて。こうやって考えるとバカみたいだ。

　だけど私はこのバカみたいなことの繰り返しを、絶対にやめない。だって、女の子だから。これをやらない女の子の居場所なんてないのだと、テレビが、雑誌が、他の女の子が脅してくるから。

　リビングで麦茶を飲みながらテレビをつけると、ワイドショーをやっていた。くだらないと思いながらも、暇があると見てしまう。すでに週刊誌で読んでいたから知っている不倫話と、政治とカネ問題が、今日のメインテーマみたいだった。

「みんな忙しいなー」

　そうやってソファーでくつろいでいる時間が、実は一番幸せだったりする。女子同士のマウントも彼氏の目線も親の圧力も、何もない時間。ワイドショー見るのが好きで趣味は週刊誌の立ち読みだなんて、友達には絶対に言えない。

スマホを開いて、咲子の投稿をもう一度確認しようとした。この時期に「とりあえず一安心って感じ」とか明確に内定を匂わせてて逆に笑える。幸せだと思ってほしくて必死かよ。

就活始まるまでは、咲子ともすみれとも普通に仲良しだったのにな。そんなことを考えていたら、家の電話が鳴った。

電話？　誰だろう。うちめったに電話使わないんだけど。そう思いながら受話器を取る。

「はい、坂口です」

相手は喋らない。その代わり、ゴー、という風みたいな音が受話器の向こうから聞こえてくる。

「もしもーし」

やっぱり、声は聞こえない。何だろう。無言電話？　次、声をかけて無視されたら、電話を切ろう。

「もしもし……」

ブチッ、という音と一緒に、電話が切れた。むかつく。

――最近、無言電話があったのよ。怜奈、心当たりあったりする？

受話器を戻しながら、お母さんが先週そんなことを言っていたのを思い出す。心当たりなんて、私にあるわけないのに。なんで聞いてきたんだろう。

迷惑電話的な業者が、営業をかけてくることはたまにあった。でも今回みたいな無言電話は、初めてだった。

スマホで「無言電話　原因」と調べてみる。検索結果に出てきたのは、恐ろしい文言だった。

『無言電話の原因は様々ありますが、一番よく考えられるのがストーカーです。相手の電話番号を着信拒否するなど、対応を考えましょう』

スマホを落としそうになった。ストーカー？　怖すぎ。

受話器を取って、さっきの電話番号を表示しようとした。すると本体のディスプレイに「ヒツウチ」と表示され、何もすることができなかった。

家族のＬＩＮＥに「無言電話あったんだけど。怖すぎ」と送ってみたけど、誰からも返信が来なかったので、余計に怖くなった。私はお母さんが帰ってくるまで部屋にいることにして、なんとなく拓馬にＬＩＮＥした。

【坂口怜奈：ねえ怖いことあったんだけど】

【拓馬：どした？】

【坂口怜奈：無言電話きた】

【拓馬：そんなことかよｗｗ】
【坂口怜奈：息みたいな風みたいな音してめっちゃ怖かった】
【拓馬：通報でもしたら】
【坂口怜奈：え、冷た】
【拓馬：愛してるから気にすんな】
【坂口怜奈：それは普通にキモい】
何も解決していないけれど、とにかく元気が出てきた。やっぱり持つべきものはいい彼氏だ。
翔がいないから、今日の夜ごはんは用意されていない。私は買ってきたコンビニのおにぎりを、音を立てないように静かにほおばった。
その日は、それから無言電話が来ることもなかった。

＊

翌日、私は授業もないのに拓馬と一緒に大学にいた。キャリアセンター終わりに会う約束をしていたのだ。キャリセンのおばさんには「もっと理想を下げて業種も広げなさい」と言われるし、お母さんに無言電話が怖いって言ったら「何か心当たりでもあるの？」って言われたし、悪いこと続きだった。

「まじで病む」

「どうしたどうした」

拓馬がスマホから目をそらし、私の髪を触る。この後面接だからあまり触らないでほしい。

「内定出ないし無言電話怖いし……」

昨日、コンビニでいじめてた子が鏡に映ったことは、何となく話せなかった。

「まだ五月だし怜奈なら余裕っしょ。そんで無言電話は何とかなるっしょ」

「楽観的過ぎ」

私は触れられた髪を元に戻しながら言った。拓馬は得意げな顔をして私の方を見た。

「考えすぎると受かる面接も受かんないって」

「はーあ。内定者様に言われると染みるわぁ」

私はわざとらしく甘えるような声を出した。うっぜー、と拓馬が笑う。

「てかさ、昨日の咲子のストーリー見た？」

「見た見た」

スクショを撮ったということはさすがに話せず、拓馬とテンションを合わせる。

「ガチで引いたわ。あいつはそんな奴だと思ってなかった」

だよね、と全力で同意しそうになるのを、ぐっとこらえる。

「まあね」

「何、お前はそんなにって感じ？」

「うーん」

私は考えるようなふりをして、見ていたスマホを置いた。

「正直、自分のことで精いっぱいかも」

「なるほどね。偉いなあ」俺もバイト頑張ろー、と拓馬は全く関係ないことを言ってくる。

「これからバイト？」

「そ。卒業旅行でマジ金なくなるらしいって先輩に言われてさ」

「お疲れ様だねー」

「今日もあと十分くらいでここでなきゃ……、ってあれ、すみれじゃね？」

「ほんとだ」

「一人でいるなんて珍しいよな。ずーっと咲子と一緒にいるのに」

「声かけてくる」

私は立ち上がってすみれの下に向かった。拓馬のいいところは誰にでもフレンドリーなところで、ダメなところは私以外の女の子も名前で呼ぶところだな、とぼんやり思いながら。

肩を軽く叩くと、すみれはびっくりしたようにこっちを向いた。

「うっわ、怜奈じゃん！　すごい偶然！」

「昨日も会ったじゃんか」

私は苦笑いして、拓馬と座っていたベンチにすみれを連れて行く。二人はお疲れ、と挨拶を交わし、それから気まずそうに笑っていた。

「拓馬もう帰っちゃうんだって」

私が話さないとこの場はどうにもならないことに気づき、慌てて会話を始める。

「そうなんだ。バイト？」

「まーね。すみれちゃん、うちの怜奈をよろしく！　ってことで怜奈、またな！」

少年漫画みたいなうざったい爽やかさを振りまいて、拓馬は帰っていった。

「なんか拓馬君って変わらないね。少年漫画みたい」

拓馬に告白して振られたことのあるすみれが、しみじみと言った。

「うざいとこもあるけど」

私はあえて表情を変えずに言った。

「今日は咲子一緒じゃないの？」

「うーん」

「どうしたの？」

「今、喧嘩中っていうか……」

「喧嘩？」

昨日まで仲良かったのに今日から喧嘩するとか小学生かよ、と思いながらも、すみれの話を聞いてあげた。

すみれ曰く、喧嘩の原因は昨日のＩｎｓｔａｇｒａｍのストーリーらしい。咲子とすみれはほとんどの企業を一緒に受けているから、昨日のあのタイミングで内定が出る企業を、すみれは知っていたのだ。しかもそこは、すみれが特に対策に力を入れていた企業だったらしい。

「時事問題とかも私が全部教えてあげたのにさ、おめでとうって送ったらあいつ無視したんよ？　感じ悪すぎ。あり得んわ」

おっとりしてるすみれから方言が出て、相当怒ってることがわかる。ところで、この子の出身はどこなのだろう。

「だからうち、これから一人で対策することにしたんよ。なんか今回、気づいちゃったんよね。ああいう要領いいタイプに、うちみたいなんは使われるだけやって」

「そっか……」

私は神妙な面持ちでその話を聞きながらも、これは明日には仲直りして一緒にスーツで歩いてるパターンだ、と思った。この二人は同じような理由で、すでに二回喧嘩している。

「三人で一緒に卒業旅行行きたかったけど」

「そやね。でも少し考えさして」

「待ってるね」

　卒業旅行について釘を刺しておいたのは、別に本当に旅行に一緒に行きたいからではない。一緒に卒業記念の旅行をするくらい仲のいい友人を、私はこの大学生活で作れました、正しくて健全な大学生活を送れました、ということの証明をして、みんなに見せて、認めてほしいからだ。

　Ｉｎｓｔａｇｒａｍのいいねの数は非表示にできるようになったけど、投稿は削除しない限りずっと表示される。私の友達史は、一生ネットの世界に残る。

　それを、適当な友達と一緒に過ごすわけにいかない。

「確かに、あの投稿は気になるもんね」

「よね？　怜奈が言うなら間違いないわ」

「ま、咲子も案外反省してるかもしれないし、すみれが大人になってあげたら？」

「だよね……」じゃあうち、これから授業だから、と言ってすみれが去っていった。

　これで、二人は仲直りできるはずだ、と私はできの悪い子を育てる先生のような気持ちになった。

＊

その日は、Nフーズの二次面接だった。辻本さんからのアドバイスをもとにエピソードのまとめ方を改善して、笑顔の練習もしっかりした。

しかし、どこかうまくいかないまま面接が終わってしまった。

うまくいかなかった原因はどう考えても、昨日の無言電話だった。結局、あのあと家に帰ってから気になってしまい、ネットで色々調べているうちに不安が増幅されてしまった。私のストーカーだとしたら、どうやってうちの電話番号を手に入れたのかわからないし、誰にストーキングされているのかわからない。そんな変な別れ方、私はしたことがない。

もしかして、知らない人？　だったらなおさら、どうやって電話番号を手に入れたのかわからない。

これはさっき拓馬に言われた、考えすぎ、ってやつかもしれない。

帰りにファミリーマートに寄って、週刊前日を読んだ。紙の中で起きていることが、自分とは全く無関係のことに思えた。なんだか萎(な)えて後ろを振り返ると、この前どいてくださいと言ってきたおばさんがまたいた。

これ以上読みたいものもなかったので週刊前日を閉じて歩き出すと、おばさんが私に注目したような気がした。もしかして、無言電話をしたのはあのおばさん？　あり得ないはずなのに、そんな風に考えてしまう。

無言電話があってから、私は変だ。

何でもないことが怖くなっていて、考えすぎている。

周りの人がストーカーに見えてくる。

あんな、たった二回コンビニで会った人たちをストーカー認定するなんて、今までの私だったら「自意識過剰」の一言で切り捨てるようなことだ。

だけどあのおばさん、どこかで見たことがある気がする。

いやそんなはずない。たまたま近所に住んでるってだけで、本当に、偶然見たことがあるだけだ。

なんだかおかしくなってきた自分を抑えるように、私はジャケットのボタンを両方閉めて、おにぎりを何個か買ってコンビニを出た。


お母さんがご飯を作っていないので、今日は翔の帰りが遅いのだと思った。

「ただいま」

小さい声で言うと、お母さんが振り返って言った。

「おかえり。ご飯は適当にそれぞれが作るでいいよね？」

「いいよ」

「よかった。怜奈は翔みたいに好き嫌いが少なくて助かるわ」

お母さんは翔の好き嫌いを、私にはご飯を作らずに翔には作ってあげる理由にしている。私も家庭教師のバイトをやっていたからわかる。手間のかかる子の方が可愛く見えてくるのだ。仕方のないこと。世の真理。

「着替えてくる」

部屋に行こうとしたら、お母さんに呼び止められた。

「怜奈、昨日変な電話来たんだって？」

「来た」

私はバッグをその場に置いてお母さんの方を見た。

「なんか最近、復讐屋っていうのがいてね、お母さん、読書サークルで聞いたんだけど。昔のいじめの復讐とかの代行をする人らしいの……」

「ちょっと待って、何の話？」

私復讐される覚えなんてないし、と言おうとしたところで、ファミマの鏡に映った瑞樹の顔を思い出した。

「お母さんね、怜奈のことは信じてる。でも何かのきっかけで、恨みを買っちゃうことってあるじゃない？　ほら、怜奈は翔と比べて顔が広いから」

「私が原因って言いたいわけ？」

「違う。ただ、心当たりはないかと思って」

　また、この前と同じ言い回しだ。お母さんは一体、何を知っていて、何を探ろうとしているんだろう。中学の時のいじめなら、ばれたけど、やってないって押し通した。結局あの子は転校か不登校になって、あれから一度も会ってない。その復讐屋、という名前にしたって、なんだか怪しいし、嘘っぽい。

「私は……」

　小さい声を出すと、同時に電話が鳴った。どこから来たのか確かめるのも嫌になり、私はほとんど叫ぶように言った。

「私は何も知らない！」

　走って部屋に戻ると、お母さんは部屋の外まで追いかけてきて、形だけの謝罪をした。

「疑って聞こえたならごめんね。怜奈のこと、信じてないわけじゃないのよ」

　信じてないわけじゃない、という言葉が、ものすごい引っ掛かりで私を引き裂いた。

「お母さんは、私を信じてなかったんだ……？」

「そういうつもりじゃないのよ。どうしてわかってくれないの」

「うるさい！　どうせ自分にそっくりで可愛い顔をした翔の方が好きなんでしょ！

もうこの話はしないで！」

「怜奈、本当に心当たりはないのね？」

「知らないってば」

「お母さんにだけは、本当のことを言ってね……」

しと、しと、という小さな足音で、お母さんが遠ざかっていくのが聞こえる。ちょっと言い過ぎたかな。でもむかついたし、いいよね。

私はイライラを口の中でぐちゃぐちゃにかみ砕くように、コンビニで買ってきたおにぎりを食べた。

第四章

7.

ママ　五月

舞璃花からLINEが来たので、私はそれに返信してから娘を朝食に呼んだ。

【マリカ：みんな、調子はどう？】

【ママ：今のところ計画通りです】

「おはよー」

眠そうな目をこする娘を見ると、なんだか昔に戻ったような気持ちになった。初めて立ちあがった日、初めてお母さんと呼んでくれた日、初めてランドセルを背負った日、初めてテストで満点を取った日……。これまで、たくさんの初めてが娘に訪れるのを、一番近くで見てきたつもりだ。

しかしこれからの娘に、そんな「初めて」は訪れるのだろうか。

引きこもりの娘を持つ親として、一番気がかりなのはやはり娘の将来だ。いじめられて不登校になり、そのまま退学のような形になってしまったこの子を、私はどうやったら救えるのだろうか。

「お父さんは？」

「仕事よ」

「そりゃそうか」

毎日、このやり取りをしている。

「お母さんは予定あるの？」

「お昼も夜もお外で食べてくる」

「夜は友達と？」

「うん。お友達」

「ふーん」

興味がなさそうな振りをしてはいるが、娘はきっと私が帰って来るのを待ち続けることになるのだろう。

朝起きて母親に挨拶して日中一人で過ごし、母親が帰ってくると一日が終わる。その繰り返しを、あと何回この子は味わわなくてはいけないのだろう。

「冷蔵庫に昨日の残りを詰めておいたから、適当に食べて」

「はーい」

「あと、今日雨降るかもしれないから、窓と洗濯物よろしくね」

「はーい」

引きこもり始めた時期は何もできなかった娘は、今では家事を手伝ってくれるようになった。一昔前なら、家事手伝いという呼び方もあったのだろう。しかし現代では娘につく呼び名はニートの一択だ。その背景にどんな事情があるのかなんて、誰も考えてはくれない。

復讐の二文字が、私の頭をかすめた。

スマートフォンを取り出してメモアプリを開く。

怜奈になりすましたＴｗｉｔｔｅｒの文面や、企業担当者に絡む文面は用意してある。これをあとでアネちゃんに若者らしい文章に直してもらって、パパに投稿してもらえばいい。私の仕事は、ほとんど終わっている。

「お母さん」

「何？」

顔を上げると、娘が目に涙を浮かべている。すぐに娘の隣の席に移動して、背中を優しくさすってやる。

「どうしたの」

「お母さん……。ごめんね。私、これからどうしたらいいのかわからなくて……」

またこの話題だ。これから娘をどうすればいいのかわからないと思いつつも、娘にこう言われてしまうと、私はいつも同じように答えてしまう。

「いいのよ。あなたがいるだけで私は幸せだから。とにかく、今は毎日できることを積み重ねましょう」

「ありがとう……」

　こんなことを繰り返しても、娘のためにもならないということはわかっている。だけど、いじめで苦しんだ娘に、さらに社会に出て苦しめ、とは、私には言うことができない。夫から言ってもらおうともしたが、彼は私よりも娘に甘く、「気が向いた時にアルバイトでもしたらいいんじゃないか」と言うばかりだ。

　働きたい時にだけ働くなんて社会では許されないのだと、サラリーマンとして働く彼が一番よく知っているはずなのに。

「お母さん、出かける支度しないと」

「もう出かけるの？」

「ちょっと早めに行かないといけない用事があるのよ」

「そう……。行ってらっしゃい」

　娘にそう言われ、私は寝室で買ったばかりのパソコンを開き、作ったブログの文面を読み返す。パソコンを閉じ、文面を頭の中でなぞりながら鏡台の前に座り、化粧をした。

パパに気を持たれているなんて、夫に話せるはずがなかった。うまくかわせなかったら計画自体が駄目になる。いつもは塗らない青いアイシャドウを濃く塗り、頬をかたどるように紫色のチークを載せた。口紅はいつものピンクベージュではなく赤色を直塗りして、昔よくしていたメイクにした。

パパは昔会社でパワハラを受け、それで人間不信となってしまったらしい。きっと、誰にでも優しそうに見える私に恋をしたのだと錯覚してしまったのだ。

スマホを開き、パパからのメッセージを確認する。

【パパ：明日、復讐オフ会の前にお会いできませんか。そして、本名を教えていただけませんか】

【ママ：ええ。明日お会いすることは大丈夫ですよ】

【パパ：では、いつものデニーズの近くのドトールで、十時に】

【ママ：承知しました】

本名なんて教える気はない。ただ、彼と不倫なんてするつもりはないと伝えに行くだけだ。

私は前髪をすべて上げて眉毛を濃い目に描き、近所の人に見られないようにマスクと花粉症用の眼鏡をしてから家を出た。

「ママさん……」

「はい」

「この資料ってこのくらいであってますか？」

ドトールの二人テーブルでパパが真面目な顔で聞いてくる。どうやら、パパに好意を持たれているというのは私の勘違いだったらしい。

ブログを作るためのアカウント用に成人の本名を含むプロフィール情報が必要だということだった。お互い偽名を使った方がいいだろうと言ったら、それもそうですねと彼はあっさり折れた。

それからはこうして資料の最終チェックを二人で行っている、というわけだ。LINEを開くと、オトウトからメッセージが来ていた。

【オトウト：そろそろつきますw】

「あら」

私は小さく声を上げる。

「どうしました？」

「オトウト君、そろそろ来るみたい。私たちもそろそろ行きましょうか」

「そうですね。資料も完成しましたし」

彼は資料を慣れた手つきでファイルにしまう。

「行きましょう」

彼は立ち上がるとそう言って、私よりも先にすたすたと店を出てしまった。私は飲み物の後始末をしてテーブルを軽く拭き、それから彼の後を追った。この人は微妙に気が回らないのだ。職場でうまくいかなかったのも、こういう立ち居振る舞いに原因があるのかもしれない。

隣の人のぎょっとするような視線を感じ、壁の鏡を見ると、私の顔だけ昭和に戻ったような古くさいメイクだった。自分の顔を自分で見ることはできないから、今の今まで忘れていた。

彼に好意を持たれないためにわざわざメイクしたのに、それに一言も触れてこない彼の無関心さに少しだけ苛立った。勘違いをしたおばさん、とでも思われただろうか。とにかく、今はこのメイクを落とさないと。私は急いでスマホを開いてメッセージを送る。

【ママ：あと五分ほどしたらつきます】

カフェのトイレに入って、持ってきたクレンジングシートでメイクを落とした。真っ白なシートが紫やら青やら、うるさい色に染まっていく。

ミスト化粧水を振りかけてから、いつも通りの地味な化粧を施した。これでもう、私に注目する人なんていなくなる。

私は最後に自分の手を洗って、そのトイレを後にした。

「久しぶりね」

私は、先ほどまでパパと会っていた素振りなど一切見せず、にっこり笑いかけた。

今日もみんなの目の前には、デニーズで頼むいつものメニューが置かれている。

「はい」

「今日って、ネットのやつをやる日ですよね？」

アネが心配そうに言ってくる。

「そうよ」

「六月に最終面接だと、もう間に合わないんじゃないですかね」

「確かにもう五月の終わりにも近いけど、間に合うんじゃないかしら。ね、パパ？」

「そうですね……。企業の人事担当者が最終候補者のＳＮＳなどを改めてチェックする可能性がありますので、今でも問題ないかと」

「それに、表示している時期が長ければ長いほど、本人にも気づかれる可能性が高まるでしょ？」

「それもそうですけど……」

「オトウト君はどう思うの？」

「ぼ、僕ですか？　僕も、み、皆さんと同じ意見ていうか……。現時点で一番早いのが今なので、今やるしかないと思います」

「ありがとう。じゃあそれぞれ自分が担当した文章を印刷してくれたわよね。それを共有しましょうか」

私の問いかけに、パパが応じる。

「そうですね。舞璃花さんにはＬＩＮＥのノートで共有してあるし、皆さんももう目を通したかと思いますが、ママさんが作ってくださった文章も元に作成したＳＥＯ対策済みのブログ記事一覧です」

パパはいろいろと喋りながら皆に紙を配り始める。

「えっ、まだ私読んでないんですけど……。とりあえず、これがレイナさんのなりまし投稿です」てかＳＥＯ対策って何ですか、と言いながら、アネが自分の紙を配る。

「こ、これが、企業の、担当者のＳＮＳ風のもの……です」

オトウトは目を伏せて配り始める。

「ありがとう。せっかくだから舞璃花ちゃんにも意見を聞いてみましょうか」

「そうですね。もし意見があれば皆さんもＬＩＮＥで投稿してください」

みんなが一斉にスマホを見始める。

【ママ：舞璃花ちゃん、今みんなが作ってくれたファイルは見られる？】

【マリカ：見れるよ！☆】

【パパ：じゃあまず、僕の作ったブログ記事は如何でしょうか】

【アネ：ちょっと胡散臭すぎじゃない？】

【マリカ：アネちゃん、そんなひどいこと言わないの！☆】

【パパ：そうですね。これはできるだけ検索に引っかかりやすいように機械的に変換した文章なので、もっと自然な文章に直す必要があるかもしれませんね】

パパが顔を上げて、少し不機嫌そうな顔をして言う。

「これなら、直接話した方が早いと思うのですが如何でしょうか」

「まあまあ、アネちゃんも少し言い過ぎたよね？」

私がにこやかに促すと、アネも少し申し訳なさそうな、でも楽しそうな、いたずらっ子みたいな笑みを浮かべた。

「ごめんなさい」

「それからオトウトさんは何か意見はありませんか？」

「ご、ごめんなさい」

「そんなにみんなを謝らせないの。私たちはカゾクというチームなんだから」

私はパパをたしなめる。この人たちは実に手のかかるカゾクだ。

「でも、確かにアネちゃんの言う通り、もう少し自然な文章にしたら、よりよくなると思う」

「それもそうですね。大人げないことを言ってすみませんでした」

「おっ、パパさん反省してるー」

　アネが茶化すように言うので、またやんわりとたしなめる。

「こら。茶化さないの。じゃあ次は、オトウト君のにしようかな？」

「は、はい」

　オトウトが俯き、落ち込んだのかと思ったらスマホを見ていただけなので安心した。

【ママ：次はオトウト君の企業担当者風のツイートね】

【マリカ：これ、マリカとっても良くできてると思う！☆】

【アネ：私も同じく～】

【パパ：これは企業の何を担当しているもののツイートを想定されていますか？　人事？　広報？　それとも企業の公式アカウントですか？】

【オトウト：一応人事担当者ですｗ】

【アネ：レイナさんのアカウントが絡みに行くところも作った～】

【パパ：そういうことでしたら、この内容で問題ないかと思います】

　あの、とパパの声がする。

「なんか、僕の時よりもみんな優しくないでしょうか？」

「そうかしら。アネちゃんが援軍っていうのはあるかもしれないけど」
「ちょっとママ、それどういう意味ぃ？」
「ま、まあ、ぼ、僕のやつをほめてもらえてうれしいです」
「そうね。でもパパが言う通り企業の人事担当者っていうのは書いた方がいいのかもしれないわね」
「じゃあ次、私が作ったやつ！」
アネが元気に言いながらＬＩＮＥで全く同じ文面を投稿する。電話は苦手なのにこういう時はムードメーカーになってくれて、読めない子だ。
【アネ：じゃあ次、私が作ったやつ！】
【ママ：レイナさんのツイート風のものね。レイナさんを直接知る舞璃花ちゃんに聞いてみましょうか】
【マリカ：とってもいいと思う！　もうちょっと横文字使ってほしい感はあるかもだけど】
【アネ：横文字？】
【マリカ：テラスハウス、とか？】
【オトウト：それ横文字なの？ｗ】
【アネ：古い気もするけどとりあえず入れてみるね。助言ありがと】

手元の資料に書き込みながら、アネがあっけらかんと言った。

「なんかスムーズだったね」

「まあ、みんな頑張ったものね。あとは今の修正点を反映させた文面を作ってパパに送ってちょうだい」

「はい。そうしたら僕が事前にセットアップしたサーバの経路を使ってすべての内容を投稿する予定です。複数あるので結構時間がかかると思いますが」

「パパさん有能」

「そ、そうですね」

「じゃあ、作業開始してちょうだい」

「はーい」

そう言うとパパは持ってきたパソコンで、アネとオトウトはスマートフォンで作業を始めた。私はLINEのノートに貼られたみんなの投稿を見ながら、話し合いが始まったら助言する。

しばらく、カゾク全員が何もしゃべらない時間が続いた。私は自分の料理に適度に手を付けた。

料理を食べ終わるころになって、オトウトが声を上げた。

「ぼ、僕のアカウントは、も、もう始動しても大丈夫です。プ、プロフィールに『とある企業で人事とかやってます』とか、書いて下されば、文面はそのままで大丈夫だと思います」

「了解」

パパが自分のパソコンでものすごい勢いで何かをタイプする。

「私のももうちょっとで終わります。テラスハウスって入れただけだし」

「了解」

「ツイートの管理ってパパさんがするんだっけ？」

アネが忙しそうなパパに遠慮もせずに聞く。

「そうなりますね」

「大変だね」

「じゃあアネさんがやりますか？」

「いや、出来ないし」

「ですよね」

パパはまたパソコンの画面に何かを打ち込み始めた。

「ブログはどうなってるの？」

私が問いかけると、パパが顔を上げる。

「ブログは先ほど投稿済みです。ＳＥＯ対策もできているので、サカグチレイナで検索すると割と上位に表示されます。他にも検索に引っかかりそうな芸能人のニュースなどを適当に入れてあります」

「パパさん有能すぎ！」

アネがはしゃぐが、パパは意に介さない。

「……Ｔｗｉｔｔｅｒの設定も完了しました。あとは毎日指定のツイートをするだけですね」

「私とオトウト君の掛け合いのところ、忘れないでね」

「了解しました」

「じゃあ、今日やることはほとんど終わったってことで大丈夫？」

「はい」

パパがみんなの方を向いて誇らしげに微笑む。

「あとは連絡事項ね。オトウト君、鬼ごっこの結果はどう？」

「み、三つほど、彼女の受けている企業を特定できました。す、すでにアネさんが選考辞退の電話をしてあります」

「完璧ね。今日の鬼ごっこは、みんな疲れてるだろうから、私だけで行くわ。家が偶然近いって気づいたの」

「鬼ごっこ地味にめんどいからありがたいわー」

アネがくつろぐように言い、オトウトが不安そうに眉尻を下げる。

「じ、次回はどうしますか？」

「次回もまた来週、ここでいいんじゃないかしら」

「了解です。次回もまた来週、ここで」

パパは私が言ったことをもう一度繰り返した。

「じゃあ、また来週」

そう言って別れると、私たちは全員別々の方向に帰った。外では会って家では会わないなんて、何だか普通の家族とは全く逆の行動である。

青砥のファミリーマートに行くと、レイナさんは週刊前日を読んでいた。

私は無言で彼女のそばを通りすぎて、ミネラルウォーターを買って家に帰ることにした。

先ほど買ったミネラルウォーターを飲みながらソファーに座っていると、パパからLINEが来た。
【パパ：皆さん、「サカグチレイナ」で検索してみてください】
【アネ：どゆこと？】
【パパ：とにかくお願いします】

私は自分のスマホに「坂口怜奈」と入力し、検索した。

検索に引っかかった画面を見て、私は「完璧」と呟く。やはり彼は仕事のできる人だった。

彼が作ったブログでは坂口怜奈のデマ情報を流しているだけではなく、私たちが作ったＴｗｉｔｔｅｒのアカウントも「Ｔｗｉｔｔｅｒのアカウントを見つけました」と書いて紹介していた。一般の人はこれを見ても何とも思わないかもしれないが、もし企業担当者がこのブログを見つけたら、採用は見送るだろうと思えた。

【マリカ：すごい！　結果の一番目にパパさんが作ったブログがでてくる！☆　さすがだね！☆】

【ママ：私も今確認しました。完璧ですね。ありがとうございます】

【オトウト：パパさん凄すぎてビビりますｗ】

皆が思い思いのコメントをしたのを見届け、私は部屋にいる娘の夕食の準備をするためにキッチンに向かった。

簡単な肉じゃがとお味噌汁を、娘の分と帰ってくるかわからない夫の分作った。お米は研いですでに炊飯スイッチを押したので、一時間後には娘がご飯を食べることができるだろう。

家事でストレスがたまる理由は二つある。一つは感謝されないから。そして二つ目はタスクが多すぎるからだ。一度会社勤めを経験しておくと、家事の大変さを客観的に認めることができるから、社会人経験のない専業主婦よりも気持ちが楽だと思う。自分が大変なのは能力が足りないからではなく、一人当たりのタスクが多すぎてキャパシティを超えてしまっているからだと考えると、自分だけが悪いわけではないと思える。

だから私は炊飯器の予約だって食洗機だって自動掃除機だってなんだって使う。だって私一人でやるのには、それはあまりに多い仕事だから。

感謝されないことに関しては、半分以上は諦めている。娘は家事を手伝ってくれるし、感謝もしてくれるが、夫に関しては、もうこれから教育しなおそうなどという気持ちもどこかに行ってしまった。

リビングに戻ってスマホを開き、カゾクのグループにＬＩＮＥを送った。

【ママ：アネちゃん、今大丈夫？】

【アネ：はい、何ですか？】

【ママ：今日の十九時から二十一時までの間、いつでもいいからレイナさんの家に無言電話をしてほしいのよ。この前と同じ感じで大丈夫だから】

【アネ：了解でーす。十九時半くらいに電話するつもりです！】

【ママ：ありがとう。できればレイナさんが出るまで続けてね】

【パパ：横から失礼しますが、アネさん、非通知設定をお忘れなく】

【アネ：えっ非通知ってどうやるかわすれた笑】

【パパ：番号の前に184を付けるんですよ】

【オトウト：パパさん有能すぎw】

【アネ：パパさんありがと！】

【ママ：みんなありがとう、よろしくね】

LINEを送り終わった私は、トートバッグを取り出して、友人に借りていた本を入れた。

「もうやることはないわね……」

そう呟くと、床の埃が気になったので、私は掃除機でフローリングを掃除した。ウイーン、という無機質で騒がしい音が、これからの用事とそこで起きることを予感させて楽しい気持ちになった。

娘の部屋の前に行くと、中からタイプ音が聞こえる。私は少しだけ待ってから声をかけた。

「お母さん、出かけてくるね」

「はーい」

娘は部屋から出てくると、赤ちゃんかと見間違うほどに無垢な笑みを私に浮かべた。

私は一瞬戸惑って、何か嬉しいことでもあったの、と聞いた。娘はニコニコ笑ったままで言った。

「お母さんならわかるでしょ」

「そうね。夕飯はお味噌汁と肉じゃがを作っておいたから。ご飯も炊いてる」

「ありがとう」

「どういたしまして。いろいろと無理しないのよ」

「はーい。心配しないでいってらっしゃーい」

娘の元気な声を聞いて、私は安心して家を出た。

いつものトートバッグの中には借りた本。今日は近所の読書サークル『本のムシ』の、私が企画した飲み会兼交流会だった。

8.　　　　　　　　　　レイナ　六月

朝起きて、今日の予定が一つもないことに新鮮な気持ちになった。これまでは、毎日のように説明会や面接があったから。

掛けられたスーツを見ると、なんだか私よりも緊張しているように見えた。実際はそんなことなくて、私が緊張しているだけだけれど。

明日はNフーズの最終面接で、今日はたまたま面接が一つもない。いや、よく考えたら今日は日曜日で、だから就活の予定が入らないのだ。

今日はできるだけ家から出ないで、落ち着いて過ごそう。そう考えていると、咲子とすみれとの三人のグループに通知が入った。

【咲子：明日の夜、私やっぱ行けなそうかも】

明日の夜は、最終面接終わりのお疲れ会、と称して三人で集まる予定になっていた。これは二人が喧嘩する前に立ててあった予定だから、こうなる可能性も考えてはいた。

どうしよう、と思っていると、すみれからもすぐLINEが来た。

【すみれ：ごめん私も歯医者の予約入れてたの忘れてた！】

すみれの返信を見て、私はまだ二人が喧嘩中なのだと思った。だって今どき歯医者なんてバレバレの断る理由、わざと使ってるとしか思えない。

咲子にしたって、何の理由もなしにいきなり断るだなんて、いくらなんでも雑すぎる。

昨日のコンビニおにぎりのごみをゴミ箱に投げ入れながら、私は二人を仲直りさせる方法を考えていた。この前「すみれが大人になってあげたら？」と言ったのがまずかったんだろうか。私はここに、何を送るべきなんだろうか。

いろいろ考えてから、私はスマホで素早く文字を打った。

【坂口怜奈：そっか～二人とも残念だけど、了解！】

【咲子：てか今日のお昼ひま？】

「えっ」

私は思わず声を上げる。今日は空いてるけど、明日が駄目で今日ならいい理由って何だろう。これが個人チャットに来たメッセージではないことから、二人は喧嘩中ではなさそうということが分かる。

【坂口怜奈：私は空いてるよ】

【咲子：じゃ、いつものカフェで十二時集合ね】

【すみれ：よろしく】

二人らしくないコンパクトな返信に戸惑っているうちに会話が途切れたので、私は手帳に「十二時　いつもの」と書き込んだ。

いつものカフェというのはおそらく大学近くのドトールのことだけど、そんな待ち合わせをしたのは初めてだった。まるで不必要な会話を避けているような、そんな違和感がある。

私はそれに気づかないふりをして、朝ご飯を食べるために部屋を出た。リビングで朝ご飯を食べようとすると、翔が食べ終わったところだった。

「おはよう怜奈、ご飯あるって」

翔は素っ気なく言うと、自分が食べたお皿をシンクに乱雑に置いた。このお皿たちを洗って片付けるのは、なぜか私の役目だ。

「はーい」

だるい声を出してご飯をよそい、いつもの席で食べ始めた。日曜日、お母さんはハンドメイド石鹸(せっけん)教室に行ってしまうので朝いなかった。

つけっぱなしのテレビをぼーっと眺めつつ、スマホを触りながらご飯を食べた。Instagramのストーリーを眺めると、咲子が気になる投稿をしていた。

【信じてた人の正体がいきなりわかると、人はこんな間抜けな顔しかできなくなるんだな】

そういう言葉と一緒にすみれと咲子の変顔の小さい写真も投稿されていて、私は思わず「どゆことw」と返信した。

拓馬も珍しくストーリーを投稿していた。

【なんだろ。虚無感】

私はそれにも「どしたのｗ」と返信した。二人ともオンライン中と表示されているのに、返信はいつまで経っても来なかった。

しばらくしてＬＩＮＥを見ると、辻本さんから気になるＬＩＮＥが送られてきていた。

【辻本大輔：坂口さん、おはようございます。今日ＬＩＮＥさせてもらったのは、もしかしたら僕はこれ以上坂口さんのお手伝いをすることができないかもしれないと感じたからです。

詳しくは言えませんが、明日の最終面接、坂口さんはかなり厳しい立場にあると考えてもらった方がいいです。

僕から言えるのは以上です】

私は慌てて返信をした。

【坂口怜奈：お世話になってます。突然のことで驚いています。どういうことでしょうか】

【辻本大輔：ここでお話しすることはできません】

【坂口怜奈：それでは本日お会いすることはできますでしょうか。Ｎフーズに本当に

入りたかったので、出来ることがあるのならば何でもしたいと思っています】

返信までに少し時間があって、私はずっと画面を見ていた。

【辻本大輔：分かりました。それでは前回お会いしたカフェに十八時に】

【坂口怜奈：ありがとうございます】

今日ホテルに誘われたら、行ってしまうかもしれない。私は念のためにムダ毛の処理をしようとお風呂場に向かった。

「どういうことだろ……」

シェービングジェルのにおいが浴室に広がって気持ち悪い。

急に入った咲子とすみれとの待ち合わせ。咲子と拓馬の意味深なＩｎｓｔａｇｒａｍのストーリー。謎の無言電話。辻本さんからの突然の連絡。

私の周りで、何かが起きている。

こんなときになんで毛なんて剃ってるんだろう。そう思うとなんだか泣けてきて、拓馬に電話したくなった。さすがに、この場ではかけないけれど。

毛が濃いところは脱毛が終わってるから、腕と足だけ剃ればよかった。適当に剃っていると、脛を少しだけ切ってしまった。

「痛っ……」

水で静かに洗い流すと、薄い血の線が一本だけ滲むのが見える。

「なんかもう、最悪」

シェービングジェルを仕舞い、お風呂場を出て体を拭いた。辻本さんのために全裸になるとか、ほんと、笑える。

苦笑いで部屋着に着替えると、もうすぐ出かける時間になっていた。私は服とメイクを適当にすませる。

「いってきまーす」

そう言っても翔は返事をしない。多分、友達と電話をつなぎながらゲームでもしているんだろう。私は必ず、「行ってらっしゃい」と返事をするのに。

青砥駅まで向かう途中、見たことのあるおばさんをまた見かけた。

あの人、誰だっけ。

なんだか気味が悪いのでスマホを取り出すと、「別れよ」と表示された。拓馬からだ。なんで。どうして。

落ち着いてLINEをするために私は既読をつけずに駅まで急ぐ。息が切れる。こんなに走ったのは、中学の部活ぶりかもってくらい、私は走る。夏の匂いを帯び始めた風が前髪に張り付いて、気持ちが悪くて頭を振った。

ホームにつく。電車は五分後に来る。私は閉じたスマホをもう一度開いて、拓馬からのLINEを確認する。

【拓馬：別れよ】
「なんで……」
小さく呟いた声は湿った風に流されてどこかに消えて、今朝のニュースで「今年はじめじめしているのに雨が少ないですよね」と誰かが言っていたのを思い出す。
【坂口怜奈：どうしたの？】
口から出てくる言葉と、LINEで送る言葉は微妙に違う。そのちょっとしたすれ違いで、私たちは誤解したり、怒ったり、悲しんだりする。今回のも、きっと拓馬の、ただの勘違いだ。誤解を解けば、わかってもらえば大丈夫。
【拓馬：だから、別れよう】
しかし拓馬の様子は変わらなかった。誤解じゃなくて、エイプリルフールじゃなくて、ドッキリじゃなくて、本当に別れたいと言っているのだろうか。
【坂口怜奈：なんで⁇】
動揺を隠せないままにLINEを送る。既読がすぐにつき、無機質な文字が新たに表示される。
【拓馬：お前さ、理由くらい自分で考えろよ】
【坂口怜奈：そんな、とりあえずどこかで会おうよ】
【拓馬：会いたくない。お互いに嘘つかないって前に話したよな？】

【坂口怜奈：私、拓馬に嘘ついたことないよ】
【拓馬：信じられない】
【坂口怜奈：信じてよ。電話でいいから話しようよ】
【拓馬：無理。ブロックするから今後話しかけんな】
【坂口怜奈：ひどい……】
【拓馬：お前みたいなやつと付き合ったの、まじで俺の人生の汚点だわ】
【坂口怜奈：なんで】
　そう私が送ってから、拓馬からの返信はなかった。既読もつかない。もうブロックしてきたのかもしれない。早すぎて、意味が分からない。
　付き合って、一年半だった。
　誕生日だって祝ったし、お祝いしてもらったし、クリスマスも一緒だったし、就活も一緒にって。それでいつかは……って、思ってたのに。
　どうしてこんなに簡単に、なかったことにしようとするんだろう。
　どうしてこんなに簡単に、拓馬との連絡が取れなくなっちゃうんだろう。
　Ｉｎｓｔａｇｒａｍを確認したら拓馬は私をフォローから外していて、拓馬の投稿を見ようとしたら「ブロックされています」と表示された。
　電車が来る。

私を置いて、電車が走り出す。これで、五分遅刻だ。次の電車は五分後だ。

なんでだろう。

何があったんだろう。

さっきスクショに撮った咲子と拓馬のストーリーを見返した。

――信じてた人の正体がいきなりわかると、人はこんな間抜けな顔しかできなくなるんだな。

――なんだろ。虚無感。

咲子やすみれはともかく、拓馬にははっきり言ってほしかった。いつもまっすぐで大げさで馬鹿で、でも頼りになる拓馬には、別れる時だって、私の好きな拓馬のままで別れてほしかった。そもそも、こんなに簡単に別れるだなんて信じられない。

咲子とすみれのグループを開いて文字を打ち込む。

【坂口怜奈：ごめん五分くらい遅れそうー】

【すみれ：りょうかい。ゆっくりおいで】

ゆっくりおいで、が嫌みにしか見えないのは、私が今疲れているからなのだろうか。何に疲れているんだろう。就活疲れにはもう慣れた。それよりも別れようと言われたことが悲しかった。

悲しいのに、拓馬に別れようと言われて涙が出ない自分が悲しかった。

とにかく、咲子とすみれに会おう。そして話を聞こう。何が起こっているのか、二人は知っているかもしれないから。

電車が来る。私は平然と乗り込み、大学まで連れて行ってもらう。ちょうど席が空いていたので、私は駅に着くまでの間、何も来ないとわかっているのに拓馬とのLINEを凝視していた。


「お待たせ」

ドトールに入ってすぐの四人席に、咲子とすみれは座っていた。二人の飲み物は既に氷だけしかない状態にまで減っていた。私が到着する随分と前から二人はここにいたのだ。

「なんか注文してこようかな」

私がそう言うと二人も席を立ったので、結局三人で注文しに行くことになった。先に着いていたことを隠そうともしない二人が、なんだか少し怖い。

私は目を覚まそうとアイスコーヒーを頼み、二人は揃ってミルクティーを頼んでいた。にこやかに笑いかけてくる店員が見たことのある顔に見えて、一瞬顔がこわばる。すぐにここはうちの大学の学生ばかりバイトしていることを思い出し、偶然だと自分に言い聞かせた。

席に着く。咲子とすみれはまだ、何も話し出そうとしない。聞きたいことなんてたくさんあって、今すぐにでも二人を問いただしたいけど、何となく唇が動かない。

アイスコーヒーが減っていく。

結局、この張り詰めた空気を破ったのは、私のみっともない泣き言だった。

「……拓馬にね、別れようって言われた」

「そっか。そうだよね」

すみれは何となく、納得したような表情をした、ように見えた。

「もう一年半だっけ」

咲子はそう言って自分のミルクティーを飲み始める。何か話した直後に飲み物を飲むのは、その話題に興味があまりないときの、咲子の悪い癖だ。

「一年半も付き合ったのにLINEだけ。しかももうブロックされてんの。インスタも。私の何が悪かったのかわかんなくて……」

「あー、それは傷つくね」

すみれは同情したふりをして、俯いたまま自分の腕時計を確認した。

「何が起きてるのかわかんないよ……」

咲子とすみれは黙ったまま、私の顔をちらちらと見て、自分の周りをきょろきょろと見まわした。まるで、私と一緒にいるところを誰かに見られたくないような、そんな様子だ。

　アイスコーヒーがなくなって、私は氷が融けた水をしばらくすすっていた。ズズ、と汚い音が出ていることに、しばらく気が付かなかった。

「二人はさ」

　沈黙を破ったのはまた私だった。

「拓馬のＩｎｓｔａｇｒａｍのストーリーの意味、わかる？」

　私は頭の中で『なんだろ。虚無感』という文字をぐるぐるさせながら二人に問いかけた。咲子とすみれはしばらく黙ったままで、それが私をイライラさせた。

なんだろ。虚無感。そう言いたいのはどう考えても私なのに。別れを切り出したのはあいつなのに。何であいつが被害者面しているのかわからなくてむかつく。

　咲子もすみれもずっと黙ったままで何も言わなくてむかつく。

　今まで代返とかもしてあげたのに他人事でむかつく。

　じつはすみれはいまだに拓馬を狙ってたらむかつく。

　弟の皿洗いを私がしなきゃいけないのむかつく。

　顔採用アピールしてくるお母さんがむかつく。

　全部が、全部がむかつく。

　気づいた時には、私は残った氷を一気に口の中に入れていた。本当なら中学の時にシーブリーズを瑞樹の頭にかけたみたいに、咲子かすみれの頭の上からぶっかけてやりたかった。

「なんで……」

私から小さい声が出ていた。

「なんで二人とも、何も言わないの」

私の目からは涙が出ていて、二人はぎょっとした顔でこちらを見ていた。こんなところで泣くなよ、みたいな顔。被害妄想が激しいのはわかっていてもむかついてしまう。

「まあ、落ち着きなよ怜奈。別れてショックなのは十分わかったから……」

「わかってないよ！」

「怜奈……」

大声を出した恥ずかしさと、周りから見られていることへの苛立ちで、私は席を立った。今すぐ一人になりたかったのにトイレの個室は空いてなくて、その場で大人しく並ぶ羽目になった。

何をやっているんだろう、私。

ずっと三人仲良しだったのに。サークルも授業も、ずっと助けてあげたのに。拓馬とだって、結構うまくやってたのに。就活もきっちり終えて完璧な大学生活を送って、適当に卒論書いて卒業旅行行って、卒業式の写真をＩｎｓｔａｇｒａｍにあげて、私は正しい学生生活を最後まで送れましたって、みんなに証明するはずだったのに。

男女共用のトイレのドアが開いて、見覚えのある男の子が出てきた。大学で見たことがあるだけだろうか。その割には年が下なような気がする。じーっと顔を見ていたのが気に障ったのか、男の子はびっくりしたような顔をして私の前からさっさといなくなった。

個室に入り、便座カバーの上に座ろうと思ったらカバーがないタイプのトイレで、私はその場に立ってトイレットペーパーで涙を拭いた。アイシャドウもアイラインもマスカラも、いつもの百倍汚く落ちていった。

ポケットに入っているリップクリームで簡単にメイクを直し、いつもよりもシンプルな顔を作った。

マスカラとリップだけ。大学にここまで薄いメイクで行ったことはないから、二人は私を見てびっくりするかもしれない。だけどもう、二人からどう思われようが構わなかった。

咲子とすみれは今、何を話しているんだろう。

別れたくらいで大袈裟、とかだろうか。泣き始めるとかメンヘラかよ、とかだろうか。

ドンドン、とドアを叩く音がする。私はメイクを落としたトイレットペーパーを水に流して、手を洗ってから個室を出た。待っていたのは脂ぎったおじさんで、私はその人を軽く睨んでから席に戻った。

「トイレ混んでた？」

すみれが行く気もなさそうなのに聞いてくるので、私はイライラを隠さないで返事をした。

「このまま何も話さないんだったらさ、帰りたいんだけど大丈夫？」

「待ってよ怜奈」

咲子がすみれをちらっと見る。すみれは何かを決心したように、私に改めて向き直る。

「私たちは知らなかっただけだし、怜奈にしたって、私たちに言いたくないことがあるのもわかる。友達なんだから全部を話してなんて言わない。秘密にしたい気持ちもわかるし。でもさ、そういうことをするんだったら、ちょっとでも相談して欲しかったな、って気持ちはあるんだよね」

「ちょっと待ってどういうこと。秘密って何？」

慌てて二人に聞くと、すみれはため息をこぼした。アイスコーヒーが入っていたグラスは空っぽになっていて、私は渇いた喉を潤す方法を探して唾をのんだ。

「怜奈さ、内定は出た？」

咲子が我慢できない、という様子で身を乗り出して聞いてくる。隣り合った席の二人に向かい合う私。まるで、戦っているみたいだった。

「出てないけど」

「それってさ、なんでなのかわかってるの？」

「……何が言いたいの？」

私の苛立ちはピークに達していた。

「自分が内定持ってるから偉いとでも言いたいの？　すみれだって、まだ内定出てないでしょ？」

「私あのあと出たし」すみれが小さい声でぼそっと言った。

「そうなんだ。よかったじゃん。二人とも。おめでとう。それで何。今日は私にアドバイスしてあげようかなって？　面接官に隠し事をしないで、そのままの自分でぶつかれって？　馬鹿じゃないの」

「怜奈……」

咲子が呆れたように私を見る。周りの人が、喧嘩している私たちに注目しているのが視線でわかった。

「……ごめん。言いすぎた」

言いすぎた、のところを強調して、私は水を取るために席を立った。いつもなら二人にもいるかどうか聞いてあげるけど、もうそんな気分にもなれない。

席に戻ると、すみれが苦笑いで私を迎えてくれた。

「おかえり」

「バカにしてんの？」

「落ち着けるわけないじゃん。拓馬には別れようとか言われるし、二人には隠し事してないかとか聞かれるし、辻本さんは意味不明なＬＩＮＥしてくるし……」

「辻本さんって？　もしかして人事の？」

すみれが食いついてきたので、私はやけになって話した。

「いやリクルーター」

「その人が、何か言ってきたの？」

「そう」

私は今朝のＬＩＮＥを手元で見返す。

「最終面接、厳しい立場にあるって」

咲子とすみれは顔を見合わせて微妙な表情を作った。それは、大学生活をずっと一緒に過ごしてきた二人の、見たことのない顔だった。

「怜奈さぁ……」

　すみれが粘っこい声で言った。

「自分の名前、検索したことある？」

「名前？」

「そう。なんかね、最近、人事が調べるっぽいよ。私、昔Ｔｗｉｔｔｅｒで炎上したことあったじゃん。あれも私についてたリクルーターが見つけて、非公開にするように注意されたんだ」

「それが、私と何の関係があるわけ？」

「まだ関係があるって決まったわけじゃないけど」

　咲子が適当なフォローをする。

「この流れだったら絶対関係あるでしょ。今調べる」

「今は」

　咲子が大きな声を出す。

「今は、やめた方がいいんじゃないかな。うちらとここで解散して、家に帰ってから、一人で見るのがいいと思うよ」

「なんで？」

「とにかく、咲子もこう言ってるから、そうしてみたらいいんじゃない？」

すみれが取り繕ったような笑みを浮かべて言った。

「わかった……」

私は鞄の中に投げつけるようにスマホをしまい、二人が空になったグラスを片付けてくれるのを待った。咲子とすみれは片付け終わった後、私の顔を見て、すっきりしたようにニコッと笑った。

「そんなに重く考えることないから。暇つぶしだと思って調べてみて」

すみれが綺麗な黒髪を湿った風になびかせて言う。

「そうそう。それにさっきはあんなふうに言っちゃったけど、うちらはずっと、怜奈の味方だからさ」

「……ありがと」

私は納得しきれない気持ちで二人の薄い笑顔を見つめる。


それから駅に着くまで、私たちは一言もしゃべらなかった。ホームで、咲子とすみれは文学部キャンパスの駅がある方向に、私は家に向かう方向に別れた。二人は、これからも何か話をするみたいだ。

「卒業旅行の相談はまたしようね」

すみれがわざとらしい微笑みを浮かべて言うのを無視して、私は青砥駅に向かった。

その日、いつものファミリーマートで週刊連日を読んでいたら、見たことのある家族が後ろを通ったので、私は思わず舌打ちをした。家に帰る途中、あの家族が後ろにいる気配がした。気のせいだと思うことにして早歩きで帰った。

家に帰るとリビングには誰もいなくて、私はスマホを乱暴に手に取った。

「さかぐちれいな」と、一文字ずつ、慎重に、なぜか声に出して入力した。キーボードの上に「坂口怜奈」と表示されて、それをタップする。

検索、というボタンを押すだけなのに、私はそれに今までで一番手間取った。もちろん、やり方が分からなくなったとか、そういうことではない。ただ、怖かったのだ。この検索をして何が表示されて、どうしてこんなことになったのかが一度にわかってしまうのが。

さっきのすみれの言葉を、頭の中で反芻（はんすう）する。

――私たちは知らなかっただけだし、怜奈にしたって、私たちに言いたくないことがあるのもわかる。友達なんだから全部を話してなんて言わない。秘密にしたい気持ちもわかるし。でもさ、そういうことをするんだったら、ちょっとでも相談して欲しかったな、って気持ちはあるんだよね。

あれがどういう意味だったのか、これからこの小さな画面に表示されるのだろうか。

拓馬が別れようと言った理由も、辻本さんからのＬＩＮＥの理由も。

躊躇（ちゅうちょ）する一方で、早く調べないといけないという焦りもあった。拓馬のことも辻本さんのことも、私の将来を大きく揺るがす出来事だから。その原因が何なのかをしっかり確認して、適切に対処して……。うん、そうだ。そうやって今まで、うまくやってきたんだから。

しばらく触っていなかったからか、液晶が一瞬暗くなり、私の顔が映し出される。低い鼻がよく見えて、お母さんの顔採用自慢を思い出してイラついた。

もう一度スマホの電源を入れて、出てきた検索ボタンをほとんど勢いで押した。

一番上に出てきたのは、見たことのないブログだった。

【カリスマパパ活女子大生、レイナさんの顔は？　本名は？　彼氏は？　大学は？　Ｔｗｉｔｔｅｒは？　調べてみました！】

「何これ……」

驚いてそのページをクリックすると、一つのブログ記事が出てきた。

【カリスマパパ活女子大生レイナの総まとめ！

カリスマパパ活女子大生として今密（ひそ）かに話題を呼んでいる〝レイナ〟さん。パパ活をしながら大学に通っているという真面目さが、パパたちにも人気なのでしょうね。

本名や、彼氏がいるのかどうかやどこの大学に通っているかが、気になるところですよね！

レイナさんの顔や本名、そして彼氏や大学やTwitterについて調べてみました。

——カリスマパパ活女子大生レイナの総まとめ！　顔写真は？

レイナさんの顔写真について、いろいろと調べてみたのですが、見つけることはできませんでした。

しかしながらレイナさんはカリスマパパ活女子大生として大活躍されているとのことで、きっと美人なんだろうと考えられます！

——カリスマパパ活女子大生レイナの総まとめ！　本名は？

レイナさんの本名について調べてみると、一件ヒットした名前がありました！

それが坂口怜奈という名前。レイナというお名前は、本名からとったものだったみたいですね！

坂口、という親しみやすい名字と、怜奈、という可愛らしい名前。パパ活女子として人気が出るのもよくわかりますね！

——カリスマパパ活女子大生レイナの総まとめ！　彼氏は？

レイナさんの彼氏についても独自で調べてみたところ、下の名前だけ有力な候補がありました。

それがタクマさん、というお名前です。同じ大学なのでしょうか。

お客さんにとっては悲しいことですが、レイナさんはモテるんでしょうね！

――カリスマパパ活女子大生レイナの総まとめ！　大学は？

レイナさんの大学についてもいろいろと調べてみると、都内の大学、しかも超有名大学に通っていることが分かりました！

皆さんご存知K大学でレイナさんを見たという情報があったようです。

あんなに頭のいい大学に通ってパパ活もしているなんて、レイナさんは意外と苦学生みたいですねｗ
――カリスマパパ活女子大生レイナの総まとめ！　Ｔｗｉｔｔｅｒは？

レイナさんのＴｗｉｔｔｅｒについても調べてみました！

現在最も有力視されているのが、このアカウントです。↓こちらをクリック！

現役大学生と、パパ活女子の顔を併せ持つレイナさんだからこそのツイートがありそうですね！

――カリスマパパ活女子大生レイナの総まとめ！

カリスマパパ活女子大生レイナさんについてまとめてみました！

いかがでしたか？】

「どういうこと……」

私はパパ活をしたことがない。なのに私はパパ活女子として、坂口怜奈という本名と、拓馬の名前と大学までさらされてしまっている。

貼ってあるＴｗｉｔｔｅｒのリンクをクリックすると、私が使っているものとは全く違うアカウントが表示された。

【普通の女子ぶるためにやってるカフェバイトぶっちして飲みなう】

【今日の面接官しつこかった～　昨日の客かと思ったわ】

【第三志望の御社、めんどいから面接さぼっちゃった～】

私はスクショを撮るのも忘れ、怒りで震える指で、スマホの電源を静かに切った。

第五章

9.

パパ　六月

【マリカ：今日はレイナさんの最終面接だね！☆】
舞璃花からのＬＩＮＥに気づき、僕はスマホを開いて素早く文字を入力する。
【パパ：そうですね。確か尾行をオトウトさんがして内定辞退の電話をアネさんがする予定になっていたと思いますが如何でしょうか】
【マリカ：そうだね！☆】
そこで一度会話が途切れた。如何でしょうか、といつでも確認するようになったのは、あの上司にひどいパワハラを受けてからだ。
大学では情報系の学科でセキュリティについて研究し、研究室の推薦で入った食品メーカーでは半年にわたる研修ののち地方の工場に配属され、独身寮で暮らしながら数年間、会社の生産システムの流れなどを現場で学んだ。その後本社のシステム部に異動になり、穏やかな雰囲気の人に囲まれながら七年ほど同じ部署にいた。気づけば勤続十年を過ぎても一人暮らしで結婚もしていなかったが、同僚と仕事以外のことを話すこともなかったので、特に気にならなかった。

システム部は部の特性上異動が少なく、自分はここで定年まで働くのだと思っていた。しかし年度明け、急に営業部に異動になった。達成するべきノルマがあり、人に頭を下げる日々が突然始まり、仕事から帰ってくると何もできない日が続いた。

――お前なんか社会のゴミ。

――この会社でやっていけないならどの会社行ってもお荷物になるだけ。

――小さいことといちいち確認するな。

――どうして事前に確認しなかったんだ。

――大学出たのにこんなこともできないのか。

システム部とのあまりの違いに戸惑っていると、直属の上司に毎日のように怒鳴られた。ほかの社員が見ている場所で、作った書類を頭に投げつけられたこともあった。上司の顔色を窺い「如何でしょうか」と連発する毎日で、いつの間にか食欲が落ちていき、夜も眠れなくなった。ついに会社に行こうとすると体がこわばり、心療内科でうつ病と診断された。

「よくあることですよ」

医者にそう言われたときの言葉にできない絶望は、今でも覚えている。上司からパワハラを受けてうつ病になることが、よくあること、として片付けられてしまう。僕は素直に投薬治療を受けながらも、その医者のことをいまいち信頼できないでいた。産業医との面談ののち、三か月の休職が決まった。

状況が変わったのは、自分に合うカウンセラーと出会えてからだ。話し相手のいない僕のどうでもいいような話を、カウンセラーは根気強く聞いてくれた。料金は確かに高かったが、それだけの価値があると思えた。

「人と接する機会を増やすのもいいですが、今は高山さん自身が心を休めるときだと思いますよ。もともと好きだったことをまた、始めてみるのもいいかもしれませんね」

休職中に好きなことを始めるのには勇気が必要だったが、読書が趣味だったこともあり、そのアドバイスを受け入れるのに時間はかからなかった。大学時代のセキュリティの本を改めて引っ張り出し、情報が古い気がして新しい本をネットで買ってみた。昔作った自作のサーバをメンテがてら改造し始めた。以前は読まなかった小説も読み始め、中でもミステリを好んで読んだ。

傷病手当金があるとはいえ復帰を焦る気持ちはあった。しかし仕事を気にせず好きなだけ本を読む、その時間が安らぎを僕に与えてくれた。

そんな中で出会ったのが、舞璃花だった。

推理小説を好んで読んでいた僕が、ふと、出会ったことのない本を読んでみたくなった。ネットで「小説　おすすめ」と調べて出てきたのが、舞璃花のYouTubeチャンネルだった。AIと呼ぶにはあまりにお粗末な自動音声と、可愛らしい外見と、紹介する本の暗さがミスマッチで面白かった。

初めて見た動画は、人狼(じんろう)ゲームを題材としたミステリ小説を紹介した動画で、それを見て僕は心療内科以外の用事で初めて外出し、本屋でその本を買った。

それから舞璃花の紹介する本を読むだけでなく、Twitterで舞璃花と交流することになり、そのうち本人とLINEをするようになり、気づけばカゾクで復讐をしている。人生何が起きるか、本当にわからない。

今日は心療内科を受診し、それから鬼ごっこをする予定が入っていたので、住宅街になじみやすい地味な格好をしていた。

【オトウト：こちら現場のオトウトですw　レイナさんが最終面接会場に入るところを見てますw】

オトウトからLINEだ。彼のLINEの後ろについている「w」が（笑）と同じ意味だと知ったのは、結構最近だった。

【アネ：了解！　多分そこが第一希望だから、特定し次第教えてください！】

【オトウト：りょw】

「りょ」とは一体どういう意味なのだろう。打ち間違いだろうか。ぼんやりと考えていると、オトウトから新たにLINEが来た。

【オトウト：最終面接、レイナさんが向かう場所を特定できましたw　食品業界のNフーズですw　ちなみに昨日も鬼ごっこしてましたが、レイナさんまだ内定持ってないそうですww】

【アネ：オッケー！　これから人事担当者の電話番号探して電話します！】

話の流れに置いていかれないよう、慌ててスマホをタップする。

【パパ：電話番号の特定手伝います】

【ママ：みんな、頼りになるわね】

【マリカ：ほんとだね！☆】

ブラウザで「Nフーズ　採用」と検索し、一番上に出てきた番号に非通知設定をしてとりあえずかけてみる。

「お電話ありがとうございます。こちらNフーズ採用担当、人事の田辺（たなべ）が承ります」

「あ、すみません、間違えました」

ビンゴだ。

僕は電話を素早く切り、LINEでカゾクのグループを開いた。

【パパ：Nフーズ人事担当につながる電話番号：03―＊＊＊＊―＊＊＊＊　ちなみ

に非通知設定してもらえたからいつも通り非通知でよろしくお願いします】
【アネ：了解！　オトウト君はビルからうまく抜け出せそう？】
【オトウト：無事抜けましたw】
【ママ：よかった。あとは電話するだけね】
復讐のことを最初に聞いた時は本当にそんなことをしても大丈夫なのかと不安になったが、この作戦もうまく行ったし、何とかなるような気がしていた。
何とかなる。
自分の頭の中にそんな言葉が浮かぶとは思っていなかった。いつも上司の顔色をびくびくと窺っていたころの自分とは比べ物にならないくらい、今の自分はポジティブになっている。復讐をするのは不可能なことではなく、少し勇気を出して踏み出せば、できてしまうことなのだ。
あの上司にも、僕なりに復讐をすることができるのかもしれない。その時、このカゾクが力になってくれるだろうか。
【アネ：内定辞退の電話、今かけたら本人じゃないってばれちゃうから、あとでファミレスでしようかな！】
【オトウト：それもそうだねw】
【マリカ：とにかくオトウト君お疲れ様！】

【ママ：じゃあ今日もあとでデニーズに集合しましょう】
【パパ：了解しました】
既読がつくのも確認せずにスマホをポケットに仕舞った。もうそろそろ出かける時間だった。

「高山さん、どうぞー」

無機質で真っ白な診察室に呼ばれ、僕は重たい腰を上げてドアを開けた。周りを見ると今日もここは混んでいて、うつ病はよくあること、と主治医が言ってしまう理由も少しだけわかった。

自分と似たような四角い眼鏡をかけた医者がこんにちはー、と覇気のない挨拶を形だけする。

「……こんにちは」

僕も一応声を出して応じるが、彼は電子カルテを見ていてこちらの顔を見る様子はない。

「その後どうですか。復職に向けて動き出せてますか？」

僕の顔を見ないまま彼は診察を始めた。

「いや、なかなか」

最近は女子大生をストーキングしています、なんて、この仏頂面眼鏡に言えるわけがない。逮捕されたら、それこそ復職どころではないだろう。

「そうですか」

彼はパソコンに何かを打ち込む。操作になれていないのか単純に苦手なのか、タイピングが異常に遅い。

「休職してから三か月がたっていますから、そろそろ復帰を、と考えていたんですけどね」

「はい……。気分的になかなか」

医者の言う通り、三か月と言われて始めた休職期間は、もうすぐ満了しようとしている。だがこの調子だと今すぐに働き始めるのは厳しいので、延長したいと産業医と上司に伝えないといけない。

「そうですか。改めて診断書が必要になりそうですか」

「まだ相談してないので」

「なるほど」

彼はもう一度パソコンに向き合い何かを打ち込む。

「認知行動療法の調子はどうですか」

「二週に一回カウンセラーのところに通っています」

認知行動療法というのがいまだによく理解できていないが、考え方の癖を変える作業のことだと医者が言っていた。それはつまり、僕の考え方が悪いからパワハラに遭ったということなのだろうか。そう思ってしまい、なかなか気が進まない。

「そうですか……。薬はどうですか？」

「ちょっと落ち込むことが多いので増やしてもらえるとありがたいのですが」

「なるほどなるほど」

彼はまたパソコンに何かを打ち込む。カタカタ、とキーボードに文字を打ち込む音のほかに、何も音がない白い空間。こんな場所で毎日病んだ人の話を聞いて、この人こそ病んでしまわないのだろうか、と不思議に思う。

「薬を増やしたいとのことなのですが、ＳＳＲＩ（選択的セロトニン再取り込み阻害薬）はすでに結構多めなんですよね。体質に合うのならもう少し増やしてもいいんですが僕個人の考えとしてはこれが限度かな、と思いますが」

「頓服の薬とかでもいいのでなにかありませんか。抑うつ的な気持ちになることが多くて、最近は散歩に出かけられることも増えたのですが出先でそういった気分になるとそれがトラウマになって外に出る気分じゃなくなってしまうのですが如何でしょうか」

「それは困りますね。不安に効く薬を出しておきますので、必要なときはそれを飲んでみてください。これは初めての薬ですので一日一錠からで大丈夫ですか」

「はい。大丈夫です」

「それ以外で体調に不都合などありますか」

「いえ、特に」

「ではそれ以外の薬はそのままにしておきますね。次回は同じ時間で大丈夫ですか」

「はい」

　彼はまたカタカタと文字を打ち込む。

「じゃあまた二週間後に、同じ時間で。お大事に」

「はい。ありがとうございます」

　僕は顔を上げて診察室を出る。主治医はまた何かカタカタと打ち込み、次の人を呼ぶ。次の人は若い女の人で、腕がガリガリに痩せていたのが気になった。一番ひどいときはここに毎週来ていたことを思うと、あの頃の自分も、周りにはこの人のように見えていたのかもしれない。

　明日にでも上司に電話で連絡して産業医との面談を予約しないといけない。最初はしつこい程だった体調確認の電話も、最近では来なくなっていた。

　薬局で二千円ちょっと払うと、主治医が言っていた通りの薬を渡された。

「ごくまれに、吐き気などの副作用がありますが、しばらく服用すれば落ち着きますので」

そっけない薬剤師に適当に相づちを打ち、僕は薬局を後にした。

今日もあのファミレスに行って、そのあとストーキングする。こんなことをしている場合なのだろうかという気もするが、それによって前向きになっている自分もいる。どうせ会社に戻っても部署も上司も自分の力じゃ変えられないのだから、いっそのこと復讐屋にでもなってやろうか。

舞璃花からLINEが来ていた。

【マリカ：今日の鬼ごっこ、家までついて行っちゃうのはどうかな？☆】

家まで？

今までは鬼ごっこをすると言っても、青砥駅のファミリーマートで彼女を見るだけだったからバレるリスクもあまりなかったが、家までついていくとなるとリスクは全く違う。

でも――。復讐の最終段階に入っている今、変化をつけることは悪くないのかもしれない。しかも、仮にストーキングがばれたとしても僕らはレイナさんにとっては全員他人だ。僕が一人でストーキングしているならともかく、カゾクでいる限り、僕たちが疑われることはほとんどない。そう考えてしまうのは楽観的だろうか。薬の効きが強いのだろうか。

返信しようとスマホを開くと、ママからＬＩＮＥが来ていた。僕はそれにすぐに返信を送る。

【ママ：いいわね。ちょうど変化をつけるべきだと思っていたところだし】

【パパ：僕も賛成します。ただ、方法は考えたほうがいいのかもしれませんね】

【オトウト：僕はちょっとビビッちゃうんですけどｗ】

【アネ：私も同じくびびる笑】

【ママ：まあ、あとで話し合いましょうか】

僕は薬の入った袋をぶら下げながら、どうやってあのコドモ二人を説得するべきか考えた。

ファミレスで説得できれば、今日から家までついていくことができる。待ち合わせまであと一時間だ。

「薬が効くまでは三十分から一時間かかる」という薬剤師の言葉を思い出して、僕は自販機でミネラルウォーターを買い、頓服薬を飲み込んだ。

「みんな久しぶりね」

毎回一週間ぶりに会うというのに、ママは毎回同じことを言う。

「はい。久しぶりですね」

僕は適当な相づちを打つと、いつものように店員を呼ぶボタンを押した。僕とママが隣り合わせで、僕の前にはオトウト。斜め前にアネがいる、いつものポジションだ。

「ご注文どうぞぉ」

気だるげな女の子が注文を聞く。女子高生だろうか。前までは得体が知れない怖い存在だったが、アネと多少の会話をするようになった今では、気だるげな様子すら微笑ましく思える。

いつもの注文を終え、それぞれの品が運ばれてくる。僕はいつも通り、ハンバーグを細かく切って口に運んだ。

「じゃあ、アネちゃんに内定辞退の電話をしてもらおうかしら」ママは日替わりランチのエビフライを口に運んで噛み終わってから言った。

「了解でーす」アネがさっきの高校生と似た気だるさを身にまとって言った。

「ま、まだ内定貰ったわけじゃないので、な、内定辞退というより、選考辞退の電話なのではないでしょうか」オトウトがポテトフライをつまみながら言った。

「それもそうね。アネちゃん、台本の内定、ってところを選考、に変えて言ってちょうだいね」

「非通知設定にするのを忘れないでくださいね」僕もすかさず付け加える。

「はーい」

アネは紙に何かを書き込んで、慣れた手つきでスマホを操作した。前回のように緊張する様子もなくスマホを耳に当てている。何度か辞退の電話をしたおかげで、慣れてきたのかもしれない。

「あっお世話になっております。K大学のサカグチレイナと申します。Nフーズさんの人事を担当されている方で合っておりますでしょうか。はい、はい、わかりました」

保留にされたらしく、アネがニコッと笑ってOKマークを作ってこちらに見せる。

あの日、初めてかけた無言電話を慌てて切ってしまったのと比べると、この子も変わったなと親のように思う。

「お世話になっております。K大学のサカグチレイナと申します。Nフーズさんの人事を担当されている方で合っておりますでしょうか。はい。……あ、お世話になっております。本日最終面接を受けさせていただいたサカグチレイナと申します。大変申し訳ないのですが、他社の内定を頂きましたので、誠に勝手ながら選考を辞退させていただきたくお電話させていただきました。はい。はい。本当に申し訳ございません。ありがとうございます。はい。よろしくお願いいたします。失礼します」

アネがスマホをタップし、ほっとした笑顔をこちらに向ける。

「無事、辞退完了～」

「お疲れ様！」ママが嬉しそうに言った。

「こ、これでひと段落って感じですかね」

「あとは今日レイナさんの家まで鬼ごっこするだけで終わりね」

「考えたのですがあのブログとＴｗｉｔｔｅｒは時機を見て削除するべきだと思うのですが如何でしょうか」

「それもそうね」

「はい」

「ちょっと待って」アネが身を乗り出して言った。

「ブログとＴｗｉｔｔｅｒを消すっていうのは賛成。まだ早いと思うけど。でも家までついていくと、さすがに気づかれるんじゃないかな」

「ぼ、僕もそう思います。リ、リスクがあるのでは、と」

「そう思うのも無理はないわね。でも、あと少しのような気がするのよね、舞璃花の目標まで」

「そこまで追い詰められるのかな」

アネが頬杖をつきながらママに向き合う。僕が発言する隙は無い。

「だから家までつけるんじゃない」

「で、でも家までつけたら危険が」

「すみません……トイレに」

無意識に、僕は声を上げていた。おなかが痛くて吐き気がする。吐き気自体は今までもあったが、ここまでひどくなったことはなかった。

――ごくまれに、吐き気などの副作用がありますが、しばらく服用すれば落ち着きますので。

薬剤師の声が頭の中で反響する。僕は立ち上がり、ママにどいてもらって席を離れる。

「パパ大丈夫？」アネが心配そうに僕を見る。誰かに心配されるのなんて、久しぶりだった。

「気をつけてね、パパ」

そうママに送り出してもらって急いでトイレに向かい、胃の中のものを吐きだした。

そう言えば、休職寸前の時期にも、会社で吐いたことがあった。あの頃は食欲もなかったので吐くものがなかったが、今は体の中から吐き出すものがあるだけ幸せなように思えた。

席に戻ると、みんなが心配そうに僕を見ていた。しばらく服用すれば吐き気は治まる、という薬剤師の言葉を信じて、僕はみんなに問題ないと伝えた。

「それよりも今日家まで鬼ごっこするかどうかを話し合うべきだと思いますが如何でしょうか」

「それもそうね」ママが答える。

「アネちゃんとオトウト君は、鬼ごっこすることで何が心配なの？」

「私は」アネが話し始める。

「単純にばれちゃったら怖いなって感じ」

「その気持ちはよくわかるわ。オトウト君は？」

「ぼ、僕もばれたら怖いなと思って」

「でもオトウトさんは一人で鬼ごっこをしていたと思うのですが如何でしょうか」

僕は浮かんだ疑問をそのまま口にした。彼は今まで一人で、レイナさんの後をつけていたのだ。

「そ、それは……」

「家まで鬼ごっこするのが怖い？」ママが笑顔で聞く。

「そういうわけでもないけど」

「じゃあ、今日とりあえず家の近くまでついて行ってみて、それで様子を見ましょう。それに、相手に気づかれた方が嫌がらせとしては効果があるんじゃないかしら」

「そう思います」

僕はママに同調した。

「じゃあ、とりあえず一回やってみようかな」アネがニコッと笑って言った。

「そ、そうですね」

「じゃあ、今日はレイナさんの家までついて行ってみましょう」

　ママはそう言うと、さっそく席を立ち、会計を済ませた。オトウトとアネは当然のように奢ってもらっている。最初のころは常識がないと腹が立ったが、今では子供らしくてかわいいと思えるようになった。

　アネもオトウトも、この一、二か月でずいぶん変わったと思う。アネは電話が怖くなったし、オトウトも堂々と話せるようになってきた。

　僕も、何か変われているのだろうか。

　初めて来たときから少しも変わる様子がないデニーズを、僕は不思議な気持ちで後にした。

　家までのストーキングは、案外、気づかれなかった。カゾクで一緒にいるから住宅街ではかえって自然に映るのかもしれない。レイナさんはこちらを振り返ることなく帰宅したので、僕たちは安心して解散した。

　その日の舞璃花の動画は、珍しく雑談動画だった。最近はスルメイカにハマっているらしい。

　それから合わせて三回、レイナさんを家までストーキングした。三回とも、彼女は特にこちらを振り向く様子はなかった。いずれの日もレイナさんはスーツを着ていたので、就活をまだしているようだった。そのため、ブログやTwitterの更新はこまめに行った。
　六月も半ばとなった三回目のストーキングの日、カゾクのLINEの通知が鳴った。
【マリカ：みんなおはよう！　今日も鬼ごっこする日だね！】
【ママ：そうね。今日も十二時に池袋のデニーズに集合で大丈夫かしら】
【パパ：問題ありません。ただ、そろそろ食事なしですぐ鬼ごっこしてもいいと思うのですが如何でしょうか】
【ママ：それもそうね。じゃあ今日は青砥駅に十二時半でいい？】
【アネ：りょうかい】
【オトウト：了解ですw】
　皆から送られてくる文字を眺め、僕は久しぶりに舞璃花にLINEをしてみることにした。カゾクのLINEができてからというもの、舞璃花個人にLINEをすることは少なくなっていたことに、今更ながら気づいた。
【高山一郎：お久しぶりです。と言ってもあちらではやり取りはありましたが……。最近は心療内科との付き合い方もよくわかってきて、少しずつではありますが前向きになった気がするのですが如何でしょうか】

【舞璃花：すっごーい！☆】

舞璃花、感激！☆、と書かれたスタンプが送られてくる。僕はそれをタップして購入ボタンを押し、自分も舞璃花のスタンプを使った。今まではアイドルとファンのような関係だったが、自分も舞璃花の仲間になれた気がして嬉しい気持ちになった。

僕はインスタントコーヒーを淹れて口をつける。

家で飲むコーヒーよりもあのファミレスの水の方がおいしいと感じるのは、僕があのカゾクを本当の家族のように思い始めているからなのかもしれない。友達も恋人もいない僕にも、家族のようなものができた気がした。

彼らと毎週集まるようになってから、人と接することに対する恐怖心も減ってきていた。カゾク限定ではあるが、店員や医者以外の人とのつながりができていたのは自信になった。このままいけば復職だって夢じゃない。

そう思ってスマホを開き、購入したばかりの舞璃花のスタンプを眺める。小さな違和感が浮かんでは消え、それから急に胸がざわざわと音を立て始めた。コーヒーカップを持つ手が小刻みに震えている。

舞璃花って、いったい誰なんだ？

レイナさんという人にいじめられていた、と舞璃花は言っていた。いじめられて家から出られなくなってＡＩＴｕｂｅｒとしての活動を始めて、レイナさんに復讐をするために、僕たちを集めた……。

　思いつくには遅すぎる疑問が頭の中をぎゅうぎゅうに占めた。

　でも、僕は既に共犯者だ。

　ストーキングやネットを使った嫌がらせをしたのは、舞璃花ではなく僕たちだ。もしも警察に見つかるなんてことがあったら、処分を下されるのはきっと僕たちだ。そうなったら復職どころではない。

　残ったコーヒーを一気に飲み干して考えを洗い流そうとした。しかし不安な気持ちがコーヒーに溶けてどこかに流れてくれるだなんて都合のいいことがあるわけがなかった。一度不安になると、頭の中がコントロールできなくなるのだ。震える手で頓服薬を飲むとすぐに吐き気がした。トイレに駆け込んで、コーヒーも薬もすべて、吐いてしまった。

　どうしたらいいんだろう。僕は震える指を必死に抑えて、すがるようにスマホを開いた。

　もしかしたら、ママさんは何か知っているかもしれない。初めて会った日から、作戦について僕たちより詳しい様子だった。

　決まりだ。今日鬼ごっこの時に、ママさんに聞いてみよう。僕は舞璃花からのＬＩＮＥに返信した。

【高山一郎：今日も心療内科に行ってから鬼ごっこの予定です。不安はありますが、自分なりにベストを尽くそうと思います】
【舞璃花：高山さん、すっごーい！☆】
鬼ごっこの前に、病院に行かなければならなかった。新しく出してもらった薬で吐き気がすると言ってから、二週に一回だった通院は週に一回になっていた。僕は健康保険証と診察券を持って心療内科に出かける準備をし、家を出た。

＊

青砥駅のファミリーマートに、やはりレイナさんは一人でいた。僕たちはぞろぞろとその後ろを通り過ぎ、どのミネラルウォーターを買うか考えながら、彼女がここを出ていくのを待った。

雨が降っていた。一粒一粒が傘にずしりとのしかかるような、重い雨だった。店内で閉じた傘から水が垂れるたびに、自分の体も軽くなる気がする。

「いらっしゃいませー」

店員がそう呟くたびに、僕たちはみんなで店のドアの方向を見た。

レイナさんが栄養ドリンクを手にしてレジに向かったので、僕たちもミネラルウォーターを購入して店を出た。雨はまだ降り続けていて、僕たちは開いた傘で顔を隠すようにして彼女の後をつけた。

彼女の家はこのコンビニから十分ほど歩いた場所にあった。大通りを一本入ってさびれた商店街を歩いたのちに二回曲がったところにある一軒家に、彼女とその家族が住んでいる。

大通りにいる間、僕たちはいつも通り他愛のない話をした。

「ミネラルウォーター、硬水買ってみたんだけどあんまり違いが分からない」

「今日の店員さん不愛想だったね」

「この梅雨はいつ終わるんだろう」

そんな、家族が四人で話すにふさわしい内容。そんな会話が自然と出てくるくらい、僕たちは家族のようになっていた。

レイナさんは買った栄養ドリンクを袋に入れてぶら下げたまま、僕たちの方を不自然なほどに振り向こうとしない。

彼女に続いて商店街に入る。レイナさんは少しだけ歩く足を速める。雨の音が、足音よりもずっと早く、傘に響く。

僕は、出来るだけ自然に聞こえるようにママに聞いた。

「舞璃花って、本当は誰なんですか？」

「どういうこと？」アネが不思議そうな顔で僕を見る。

「これまで何も疑わずに舞璃花の言うことに従っていましたが舞璃花って誰なんだろうって急に気になりまして」

「ていうかパパさん、ずっとうちらに敬語だよね」

「他人と適切に距離を取ることが苦手なもので、すみません……」

「他人て」

呆れたような顔をするアネを見て、何か言ってはいけないことを言ってしまったことに気づく。僕から人が離れていくときはいつもそうだった。とにかく僕が何か不用意なことを口に出し、相手はそれに呆れて離れていく。アネのように表情に出してくれる方がその場で弁明できるのでありがたかった。

「いえ決してそういう意味ではなくこちらとしてはただ単に自分ではない人ということを意図しておりまして」

僕たちが小さな声で話していると、ママが僕の顔をまっすぐに見て言った。

「パパさんは、どうして急にそんなことが気になったの？」

僕は今朝と同じように胸がざわめくのを感じた。同時に副作用か気分のせいかわからない吐き気も襲ってきて、それを必死に抑えてママに言った。

「だってこれって犯罪じゃないですか？　ストーキングして嘘のネット記事を書いてTwitterでなりすまして会社の人事に内定辞退の電話までして……。もしバレてしまった場合は僕たちは犯罪者として捕まると思うのですが如何でしょうか」

「捕まるってのは、さすがにないんじゃないかな」

アネが適当に言ったが、僕はそれを気に留めずに続ける。

「彼女の正体がわからないのなら僕はこんなこと今すぐやめます」

「えっ」

みんなが僕に注目する。もうすぐ、商店街を抜けるところまできた。

僕たちは静かに歩いたまま、お互いに見合う。

「でも、舞璃花がレイナさんのせいで家から出られないんだとしたら、私は舞璃花のために、復讐をしてあげたいけどな」アネがぼそっと言った。

「ぼ、僕もそう思います」オトウトも続く。

「だからそれが本当かどうかっていう話をしてるんですよ。僕たちは舞璃花と一度も会ったことがないんですよ」

「それは……」アネが少し考えるようなそぶりを見せる。

「あ、わかった。聞いてみればいいじゃん。せっかく舞璃花のＬＩＮＥがあるんだから」

「そ、それがいいんじゃないですか」オトウトもアネに同調する。

「でも誰が聞くの？　パパ、聞ける？」

「聞く勇気は正直ないですけど……」

「へ、ヘタレじゃないですか」

呆れて笑う子供たちをよそに、ママが険しい顔をしていた。

「ちゃんと、説明しないと……」

彼女が背筋をただしたと同時に、何なんですかあなたたち、という声が聞こえた。

何が起こったのかすぐにはわからず、僕たちは傘を顔の前にかざして気づかないふりをした。

「やっと振り向いてくれたわね、レイナさん」

それから聞こえたその声がママのものであることにも、気づくのが遅れた。傘をゆっくり立ててレイナさんの方を見ると、ママ以外は僕と同じような動きをしていた。

ママはいつの間にか四人の先頭に立ってレイナさんと対峙（たいじ）している。

「ＡＩＴｕｂｅｒの舞璃花って知ってる？」

何を言ったらいいかわからずに口をパクパクさせているオトウトや僕に構わず、ママはそう続ける。

「は？」

レイナさんが低い声で聞き返す。鬼ごっこの相手である彼女の声をまともに聞くのは、僕にとってはこれが初めてだった。自分の体が固まっていることに、遅れて気づいた。たった一文字発するだけで相手の動きを奪える声というものは存在する。僕にとっての元上司はもちろん、このレイナさんにしても同様だった。

「わからないのね」

呟くようにママが言った。脳みそがようやく動き始めて、ママが舞璃花の話をレイナさんにしたのだと理解した。ママの意図が全くわからず、僕たち三人は何も言えずに突っ立っている。

「帰りましょう」

ママがようやく振り返り、僕たちを素通りして後ろに進んで行く。僕たちは細かく頷くことしかできずにママの後に小走りでついていき、来た道を帰った。

「何なの……」

レイナさんの声が後ろから聞こえて、追いかけてくるのではないかと怖くなった。しかしこちらは四人、相手は一人だ。僕もオトウトも力があるわけではないが、それでも見た目は男性であるから、人数でも力でも敵わないと思ってくれることを祈った。

結局その日は青砥駅で解散となり、舞璃花のことを聞くタイミングを逃してしまった。

10.

レイナ　六月

スマホの電源を入れ直し、表示された画面を何度も更新した。何度更新しても、同じ画面が表示された。

【カリスマパパ活女子大生レイナの総まとめ！】

これを、みんなが見ていたのだろうか。

拓馬も咲子もすみれも辻本さんも、私から離れていった理由が、このブログとＴｗｉｔｔｅｒなの？

いったいどうしたら良いのかわからず、私はただ自分の部屋に籠っていた。買い物から帰ってきたらしい母親が動く音がしたが、声をかけることはできなかった。

最終面接前に検索したＮフーズの人事、そしてそれを知らされた辻本さんはともかく、拓馬たちはどうして私の名前なんて検索したんだろう。辻本さんがわざわざ拓馬に連絡を入れたとは考えにくい。

私はさっきの咲子とすみれの会話を必死に思い出す。

確か、二人は検索を促すときに自分が人事に怒られたから、と言っていた。

——そう。なんかね、最近、人事が調べるっぽいよ。私、昔Ｔｗｉｔｔｅｒで炎上したことあったじゃん。あれも私についてたリクルーターが見つけて、非公開にするように注意されたんだ。

すみれの声が、頭の中で鳴った。すみれは昔Ｔｗｉｔｔｅｒで「変なおじさん見つけた」という文言とともに地下鉄に乗っていた一般の人の顔を晒してプチ炎上したことがあった。それが人事にも見つかり、すみれはアカウントを非公開にするよう人事に注意された。

なんで自分だけ。すみれがそう思ったとしてもおかしくはない。つまりすみれが、私の名前を検索したのだ。もしかしたら私だけでなく、咲子の名前だって検索したのかもしれない。何か見つかるとでも思ったのだろう。きっとそうやって、すみれはこのページにたどり着いたのだ。

そして、それを咲子や拓馬にも話した。

「どうして……」

私はスマホの電源を切り、呼吸が早くなるのを抑えられずに体を震わせた。

「すみれが拓馬に」

そう呟いたところで、私は簡単なことに気が付いた。すみれはずっと、チャンスが来るのを待っていたのだ。私と拓馬を引き離すタイミングを、黙って待っていたのだ。すみれが拓馬に振られたのなんて、もう二年も前の事なのに。

「怜奈より私の方が可愛いのに」

咲子に大学の女子トイレの洗面所でこぼしているのを、個室でうっかり聞いてしまったことがあった。それでも、友達の振りをしてあげていたのに。

私と拓馬を別れさせるタイミングを、すみれはずっと待っていたのだ。

別れたと言った時に二人がとった薄いリアクションにも頷けた。すみれがみんなにバラしたのだから、この結末は予想できたはずだった。

起きてしまったことは仕方がない。私が考えるべきなのは、これからどうすればいいのかだ。

とにかく、明日の最終面接を乗り切らないといけない。

拓馬との関係は、もう元に戻すことはできないかもしれない。割れてしまったガラスをくっつけることなんてできない。だから今はそのことを忘れて、できることに集中するべきなのだ。そう考えていると涙がぽろっとこぼれて、アイシャドウが剥がれていく感覚がした。

今は泣いている場合ではない。しかし早く泣き止むためには泣いちゃだめだと思ってはいけない。私は涙が流れてくるのを止めようとせず、ただティッシュに液体を吸収させ続けた。

思ったよりも早く涙が収まったので、崩れてしまったメイクを洗面所で完全に落とし、部屋に戻って就活用のスーツを着た。辻本さんとの約束に間に合わせるには、あと三十分したら出かけないといけない。

水を飲むためにリビングに行くと、お母さんがスーパーで買ってきたものを片付け終わったところだった。

「怜奈、今日は晩御飯いるのよね？」あら日曜日なのにスーツなんて大変ね、とお母さんは他人事のように笑った。

「急に面談が入ったからいらなくなった」

私は早口でそう言って、自分の部屋に戻った。

とにかく、辻本さんの誤解を解かないといけない。誤解を解いて、明日の最終面接をどうにかしないといけない。謝って何とかなるなら、謝ったっていい。自分が悪くないのに謝るなんておかしいけど、これが大人になるってことなのだと思う。

手鏡を取って、私はメイクを始めた。いつもの就活メイクみたいな薄いぼやけたメイクじゃなくて、顔のパーツの輪郭を強調した清潔感のあるメイクに仕上げた。薄く引いたアイラインと、リップライナーできっちりかたどった唇は私らしくなかったけど、「謝罪メイク」と名付けるのにぴったりのメイクができた。

「何から説明したらいいんだろう」

就活用の鞄にノートとペン、スマホとハンカチと財布を入れて、私は受験勉強をしていたころのように頭を回転させた。しかし考えていても答えが出てくる気配が全くないので、とりあえず家を出ることにした。

　青砥から電車に乗り、大手町まで向かう。京成押上線は日曜だから空いていて、浮かれた格好をする人の間で私のスーツは浮いていた。

　辻本さんには、あのＴｗｉｔｔｅｒアカウントは私のものではないと説明すればいい。

　ネットのでたらめな投稿なんだし、警察とかに相談すれば発信者なんてすぐに特定できるはずだ。そうすれば案外簡単に誤解も解けるかもしれない。

　私はスマホを開いてさっきのページをもう一度眺めて、そのサイトのほかのページも巡回した。しかし他の記事はただの芸能ニュースばかりで、どうしてその中に私のことを書いた記事が交じっているのかよくわからない。

　これはどう考えても私を狙った書き込みだ。無言電話や、見知らぬ家族、私になりすましたＴｗｉｔｔｅｒ……。今まであった嫌なことを並べて考えても、それらをつなぐ一本の線は見えてこなかった。

　カフェの前で待っていると、辻本さんはすぐに私を見つけてくれた。就活生が溢れていた前回と違って、今日はこのカフェにスーツ姿の学生は私だけで、なんだか浮いていた。

「辻本さん、お忙しいところ……」私がそう言うと、辻本さんは気だるげに頭を掻いて言った。

「中入る？　今日は経費出ないんだけど」

「構いません。お願いします」

経費が出ないという言葉が冷たく聞こえた。辻本さんはいつものスーツじゃなくて、薄手のポロシャツ姿だった。ポロシャツの袖がほころびていたのを、私は見ないふりをした。

カフェに入り、私はいつも通り一番安いアイスティーを頼んだ。前までは一緒に会計をしてくれていた辻本さんは、今日は一人で会計をしている。自分の分を出してもらえないと、私の価値を認めてもらえていないような、そんな感覚があった。拓馬とはいつでも割り勘だったので、自分がそんな考えを持っていることに驚く。

オフィス街なのに日曜もこのカフェは開いていて、席には人がまばらに座っている。私はアイスティーを受け取って辻本さんを待つと、二人であまり人のいない席に着いた。

「いやぁ。ここのコーヒーはおいしいなあ」

「はい」

アイスティーの氷が、カラン、と音を立てた。

「……なんて、世間話をしに来たわけじゃないよね」

「はい」

私は頷いて、姿勢を正した。これからの私の態度で、明日の面接の結果が変わる。私が働く会社が、私の人生が変わる。

「坂口さんは何か勘違いをしているのかもしれないですね」

「どういうこと……」私が言い終わる前に、辻本さんが話し出した。

「今から僕に謝罪でもなんでもすれば、坂口さんは内定をもらえると思っているかもしれないですね。ただ、世の中ってそんなに甘くないんですよ。僕も会社で結構厳しい立場で、つまり君を紹介したことによって人事評価が下がるって上から言われています。坂口さんに期待しすぎて他の候補者をあまり用意しなかった僕のミスではあるんですけどね」

辻本さんはそこまで一気に言うとアイスコーヒーに口をつけた。私は何を言うべきか考えて少しの間黙っていた。用意、とか、ミス、とか、そういう言葉が頭の中で回っている。

「あの、ブログのことですよね」

早めにブログのことを口にするべきだと思いそう言った。すると、辻本さんの表情が変わったのが分かった。

「私がパパ活をしていた、とかいうブログのせいですよね」

辻本さんがだるそうに足を組んだ。彼は今まで私の前で足を組んだことなんてなかった。

「なんで最初から言わなかったんですか？　そしたら僕もこんなミスを犯さなかったのに」

「違うんです。あのブログは嘘なんです」私はできるだけ冷静に言った。

「嘘とか嘘じゃないとかどうでもいいんです。もう評価は変わんないんで」

「本当に、すみませんでした」

私が頭を下げると、辻本さんが私の頭をポン、と撫でるようにやさしくたたいた。

全身に鳥肌が立って、顔を上げるのに少し時間がかかった。

「まあ、謝られたところでしかたがないんで」

「違うんです……」

「何が？」

私は少しだけ大きな声を出して、もう一度頭を下げた。

「ネットの記事は本当に私じゃないんです。あの、ちゃんと調査とかしてもらったら……」

はー、と目の前でため息をつく音がした。顔をあげると、辻本さんが迷惑そうな顔で私を見ていた。

「百万円」

「……え？」

「新人一人を採用するのにうちが支払うコスト。これ、研修なんかを含めないで、採用だけで考えて計算した数字。結構高いでしょ」

あとここは誰がいるのかわからないから、出来るだけ静かにしてね、と辻本さんは冷たく付け加えた。周りを見ると、他のお客さんが私たちをちらちらと見ていた。

「それで」

辻本さんが続ける。

「それで、君はさらに追加で自分のためだけに調査しろって言うんですか？　そのブログの真偽を確認するためだけに？　その費用って、うちが持つわけですよね。つまり君だけのために余計にコストがかかるわけで。わかるかな。まだ学生だからわかんないかもしれないけどさ、社会に出ると何をするにもお金がかかるわけ。で、その調査やらなんやらの追加コストに見合う価値が君にはあるの？　それ、今ここで証明できる？」

今まで見たこともないような辻本さんの表情に、私は何も言うことができなくなった。体が、スーツの形に固定されたみたいにこわばった。

「……そういうことなので。それに誤解して欲しくないんだけど、僕はあのブログが原因だとは一言も言ってないんで。ただ君に失望しただけなんで。うちの会社としても同じ。二次面接の結果を出した上で、やっぱり内定は出せないという判断が下りただけなんで。それを事前に教えてあげた僕には、むしろ感謝して欲しいくらいですよ。明日の面接、受けてもいいですけど、どうせ落ちるんだから別の会社を受けることをお勧めします。今日のうちに選考辞退の電話でもしといたらどうですか？　お互い手間が省けますし」

「どうして……」

私はそう言うだけで精一杯だった。

「何？」

「どうしてなんですか」

「えっと、そんなに難しい話をした覚えはないんですけど……。明日の面接で、君は正式に不採用になります。それ以外に何かしてあげようとは会社は考えていません。それだけです。僕は何も関係ないので」

辻本さんはそう言うとアイスコーヒーを飲み干し、カフェを出て行った。

立ち去る辻本さんを、私は追いかけることができなかった。その代わりに、何故か面接のときのような笑みが漏れた。媚びるような、繕うような、惨めな笑顔。

私はNフーズに受かるはずだった。受かって、辻本さんと働くはずだった。

「持ち駒、あと何個あったっけ……」

就活アプリを開くと「今の時期、あなたと同じ大学の人の平均内定率は82%」と無慈悲なフォントが告げている。最近は一次面接で落ちることも多くなってきて、選考が残っている企業はあと五つしかない。

あんな書き込みがあっても、私を信じてくれるところはあるのだろうか。あのサイトはどうすれば消してもらえるのだろうか。

――追加コストに見合う価値が君にはあるの?

辻本さんの冷たい声。どうしてこうなってしまったのだろう。

一人でゆっくりアイスティーを飲む。コストに見合う価値が私にはない。会社としても何かしてあげようとは思っていない。明日の面接、私は不採用が決定する。言われたことを咀嚼(そしゃく)しようと思い出すたびに、お腹にチクチクと痛みが走った。

だけど。

明日の最終面接、とりあえず行ってみよう。行って、自分なりにベストを尽くそう。だって決めたんだから。Nフーズに入りたいって思ったんだから。何か悪い夢を見ているんだ。辻本さんは私と誰かを勘違いしているんだ。目が覚めたらきっと、私はNフーズで働くことになっている。

アイスティーを飲み終わって店を出ると、雨が降っていた。持ってきた黒い折り畳み傘を雑に開く。

「最悪」

拓馬に迎えに来てほしいと、一瞬だけ、ほんとに一瞬だけ思った。あれ。涙が出ている。おかしいな。おかしい、私。

――お前みたいなやつと付き合ったの、まじで俺の人生の汚点だわ。

フォントが、脳内でひらひらと踊るように揺れる。

拓馬の言葉はずっと大袈裟だった。誕生日をお祝いしてあげた時も、泣いて喜んでくれた。ちょうど去年の今頃だ。新宿（しんじゅく）にある飲み放題付き三千円の和風イタリアン個室居酒屋でケーキが運ばれてきたときの驚いた顔に、私は二度と会えないのだ。一方的に言葉を送ることすら、私にはもうできない。

あれ以来、拓馬には何も送っていない。もしかしたら、今でも何か送れば届くのかもしれない。だけどもし、送ってからずっと既読が付かなかったら……。

雨が降り続けている。スーツに水がかかって、どんどん重くなる。パンプスの中にも水が入って、足が湿る。私は明日、面接に落ちる。あれだけ行きたかった会社に、最終で落ちる。

湿った風が傘をどかすように強く吹いて、髪の毛を濡らした。頬にあった涙は雨と混じり、自分の顔がどうして濡れているのか、私にはよくわからなくなっていた。

結局、Nフーズからは最終面接を受けてから連絡がなく、六月の半ばまで、私は内定がなかった。

授業に出るとみんな髪の毛の色を明るくしていて、自分だけが海苔（のり）みたいな黒髪なのが恥ずかしくなった。咲子もすみれも拓馬も、私に話しかけてこなくなり、私は一人で授業を受けていた。

帰り道、青砥駅のファミマに寄って栄養ドリンクを買ってから、雨の中を歩いた。

雨の音は、どうしてこんなにとげとげしいんだろう。傘を突き抜けて、私に直接かかってきそうなくらいだ。窮屈なスーツに水がかかって、私の体を締め付ける。

どうして私はまだスーツを着ているのだろう。みんな、就活が終わったのに。

いや、悪いのは私じゃない。私についてくるあの家族だ。

大通りから一本入った、さびれた商店街に入っても、足音はやっぱり、私の後ろをついてくる。人がいない道を歩く音が、一つ、二つ、三つ、今日は全部で四つ。全員揃っているというわけだ。

ちゃぽん、ちゃぽん、と水を蹴る音。濡れていくスーツ。汚れてしまったパンプス。お葬式みたいな真っ黒な傘のせいで、暗すぎる視界。授業にスーツで出た時の、友達の憐れむような目。就活よりゼミを優先しろとうるさい教授。そして、やっぱり消えない、後ろから聞こえる足音。

　頭がおかしくなりそうだ。

　毎日知らない人たちが、私の生活を探っている。

　私の生活を探って、邪魔して、そして楽しんでいる。

　一歩ずつ前に歩く。

　追いつかれないように。いつものように。

　だけど家に着く寸前、私の中の何かがぷちんと切れた。こんな生活、もう耐えられない。私は後ろを振り返り、叫ぶように言った。

「何なんですか、あなたたち」

　追いかけてきた家族の母親らしき女性が、ふっと微笑んで私に近づいた。残り三人は傘を盾のようにこちらに向けたので、彼女の後ろに防波堤があるように見えた。

「やっと振り向いてくれたわね、怜奈さん」

　その声に反応するように盾の傘が開いていき、残り三人の顔も見えた。いつも追いかけられるだけでまともに顔を見たことがなかったから、相手が誰なのか一人一人観察した。二重瞼（ふたえ）に飾られた真っ直ぐな目が印象的な女の子、ひょろっとした弱そうな男の子、父親であろう冴えないおじさん、母親であろう自信ありげなおばさん。

「ＡＩＴｕｂｅｒのマリカって知ってる？」

母親らしき女性が、目尻に皺を寄せた。

「は？」

何を聞かれたのかよくわからなかった。余裕がないと思われないよう、精一杯の虚勢を張った。いつの間にか、傘を持つ右手を左手で包むようにして握っていた。この手の震えが怒りによるものなのか、恐怖によるものなのか、自分でもよくわからなくなっていた。

雨が降る音がする。女が言葉を発し始めてから、一瞬だけ晴れたみたいに、雨音が頭の中から消えていた。

「わからないのね」

目を伏せる女を、私はどんな顔で見ているのだろう。首を固定したまま上を見る時のように、私は目に力を入れていた。相手の女は同じくらいの身長なのに、自分よりも背が高いような気がした。

「帰りましょう」

相手の声に、後ろの三人が遅れて反応する。踵（きびす）を返した女を三人が追いかける形で、奇妙な家族は私から遠ざかっていく。

「何なの……」

呟いたところでアキレス腱のあたりが痛み、就活用のパンプスが自分の足に合っていないことを改めて実感した。


帰ってすぐにジャケットを脱ぎたい気持ちを抑えて、リビングに向かった。

「あらどうしたの怜奈ビチョビチョじゃない。あったかい紅茶でも淹れようか？」

キッチンでお惣菜のラベル付けをしながらお母さんが言った。

「ＡＩＴｕｂｅｒのマリカって知ってる？」

「え？」

お母さんはポットに浄水器の水を入れて沸かそうとしているところだった。焦れったくなった私は同じ質問を繰り返す。

「だからＡＩＴｕｂｅｒの」

「ああ、ＡＩＴｕｂｅｒ。はいはい、思い出した。怜奈にも先々月話さなかったっけ」

ポットのスイッチが押され、ジュウ、と機械の中が動く音がする。

「先々月？」

最近あったことなんて、あのブログのせいで全て忘れてしまった。

「ほら、お母さん区の読書サークルに入ってるでしょ」

お母さんの声が、自分の中の朧げな記憶と混ざっていく。

――そういえば、怜奈はAITuberの舞璃花って知ってる？

――何それ。アニメ？

――違うわよ。AIのYouTuberで、本の紹介とかをしてて今若者に大人気らしくて。

――でもそれ紹介してたのもおばさんなんでしょ？

区の読書サークルでお母さんが紹介された、AITuberのマリカ。その名前をどうして、あの女が。

――やっと振り向いてくれたわね、怜奈さん。

どうしてあの人は、私の名前を知っていたのだろう。あの四人が、私につきまとう目的はなんなんだろう。あのブログを書いたのも、変なSNS投稿をしていたのも、無言電話もストーキングも、同じ人がやっていたのだとしたら。

「紹介したのは誰」

お湯が沸いたらしく、お母さんは紅茶を淹れている。

「えーっとね。確か……」

紅茶は最後の一滴が一番美味しいと信じているお母さんは、最後の一滴を必ず私にくれる。水色のマグカップに最後の一滴を淹れ、お母さんはカウンターにカップを置いた。

「安田さん。安田凜子さん」

「安田……」

「ほら、あなたの中学の同級生に安田瑞樹ちゃんっていたでしょう?」

「安田瑞樹……」

　カップを取ろうとしない私に苛立つお母さんに、読書会の写真を見せてもらえないか頼んだ。紅茶が冷めちゃうんだけど、と口を尖らせながら見せてくれた集合写真に、さっき話した女が写っていた。

「この人……」

「ああ、そうそう。安田さん。AITuberの話の」

　点と点がつながるというよりも、頭の中に常にかかっていたもやが一気に晴れるような、そんな感覚がした。

「着替えてくる」

　そう言い残して部屋に戻り、私は中学の卒業アルバムを開いた。瑞樹はどこに写っているのだろうか。あの子はいつから学校に来なくなったのだろう。三年の時のクラスはどこだったのだろう。部活動ごとの集合写真を眺めても、安田瑞樹の姿はなかった。三年の春に女バスの集合写真を撮ったような記憶があるから、その時点ではもう学校に来ていなかったのだとわかった。

クラスひとつずつの個人写真を確認すると、三組の最後に安田瑞樹がいた。三年生の時に私と同じクラスだったということに、このとき初めて気づいた。一人だけ、口を小さくすぼめて口角を下げ、カメラを見ているのか定かではない虚ろな目をしている。この写真を撮った日はよく覚えている。クラス全員がまとめて流れ作業のように撮ってもらったから、お互いに笑わせ合って撮った写真だ。その場に瑞樹がいた記憶はない。誰もいないときに学校に来て、誰にも笑わせてもらうことなく、たった一人で撮ってもらったのだろうか。

卒業アルバムを閉じると、雨で体に張り付いたシャツの気持ち悪さに気づいた。ジャケットとスカートを脱いでベッドに投げ、シャツは床に捨てるように放った。下着も替え、ジャージに着替え、スーツはいつも通りハンガーにかけた。

洗面所でシャツを洗濯機にパスするように入れたら、ふつふつと怒りが湧いてきた。あの四人、安田瑞樹とその家族は今更、復讐を果たそうとしている。瑞樹をいじめたのが十四歳の時のことだとすると、あれからもう八年も経っている。それなのに今になって私に干渉して、一番大事な時に私の人生を壊そうとしている。

いじめなんて、いじめられる方にも原因があると私は思う。私は瑞樹が嫌いなわけではなかった。ほんの一時期の気まぐれでターゲットにしていたけれど、そこで諦めずに学校に、部活に来ていたら、仲良くなるというルートだってあったはずだ。それなのに、あいつは途中で諦めて一人で逃げた。

逃げたら終わりだ。逃げたらもう、その未来はない。

勝手に逃げたくせに勝手に恨みを募らせて、きっと自分がうまくいってないことなんて全部私のせいにして、都合よく私を言い訳にして、生きるために必要な努力を一つもしなかったのだ。生きていればいじめなんかより辛いことはたくさんある。それを乗り越えるためには一人で戦うしかないのに、逃げてる場合じゃないのに、二十歳を超えてお母さんに頼ってる場合じゃないのに、そういうことからきっと、ずっと逃げてきたのだろう。自分の努力不足を全部、私のせいにして。

私はあいつに教えてあげないといけない。わからせないといけない。思い知らせないといけない。弱いものは努力をしないといつまでも、弱いままなのだと。

家の電話が鳴った。

急いでリビングに向かうとお母さんが眉を下げている。

「また非通知……」

出なくていいよねと聞かれたので、出ると答えて子機を取った。あいつらから来る無言電話は完全に無音なわけではない。誰か女の子の息遣いが聞こえると、私は気づいていた。今までは、それが誰なのかわからなかったから何も言えなかった。

だけど今なら。

子機を持ったまま部屋に戻ってドアを閉め、電話から聞こえる音を確かめる。

「……スーッ。……スーッ。……スーッ」

いつも通りの女の子の息遣いだった。

瑞樹、教えてあげる。あんたが今、二十一歳なのか二十二歳なのかわかんないけど、もう二十歳を超えたら大人なんだよ。誰かのせいにして、言い訳ばかりして、逃げ回ってる場合じゃないんだよ。

「思い出したよ」

「……」

返事がない代わり、息遣いが止まった。

「あんた、安田瑞樹でしょ」

「……」

「さっきあんたの母親もいたよね。あんたたちは家族で私をストーキングしてきた」

「……」

「変なブログもSNSも、全部あんたたちがやったんでしょ？　わかってるから。私の人生めちゃくちゃにして、タダで済むと思わないで」

「……」

「絶対に許さないから、あんたたちのこと」

そう言って、相手が何か喋るのではないかと待っていた。しかし息遣いも聞こえず、時々耳を離すと通話時間を示す数字が増えるばかりだった。改めて気味が悪くなり、電話を切って子機を元あった場所に戻した。

「どうしたの？」

「勧誘だった」

「……そう」

「あ、紅茶」

水色のマグカップを見て存在を思い出し、私は食卓に座って冷めた紅茶を飲んだ。お母さんは何も話しかけて来ず、なので私も何も話さなかった。

「仕舞わなきゃ」

お母さんが読書会の集合写真を片付けるのを見て、私はさっき見た家族の顔を一人一人思い浮かべた。

二重瞼に飾られた真っ直ぐな目が印象的な女の子。

ひょろっとした弱そうな男の子。

父親であろう冴えないおじさん。

母親であろう自信ありげなおばさん。

一人一人の顔を改めて思い浮かべ、あれ、と思った。

「あの女の子、瑞樹じゃない」

紅茶をテーブルに置くと、ガチャンと大袈裟な音がした。

「何か言った？」

お母さんの瞼がゆっくり二重に折られるのを見て、少しの間言葉を失う。

「……なんでもない」

遅れてそう返し、私は明日の予定を確認するためにスマホを開いた。

第六章

11.

六月　ママ

終わりの見えない悲しみと引き換えに、ありふれた平穏を手に入れられるとしても、私はこの道を選ぶだろう。

あなたがいなければ、私たちはこんなに苦しまなかった。

あなたがいなければ、私はこんなことを思いつく必要もなかった。

あなたがいなければ、私は彼らとも出会わなかった。私に、巻き込むようにして。

私はあなたを、ずっと恨んできた。

私はあなたを、絶対に許さない。

*

青砥駅の改札脇にはコンビニがある。円状にジャンプ傘がかけられたポールの脇に、私は一人立っていた。マスクと花粉症用の眼鏡をつけているので、姿を見られてもすぐにはわからないだろう。

改札はここの一箇所しかない。オトウトによれば、怜奈は今日大学に行く予定があるらしいから、ここでずっと待っていればいつか来るだろうと、私は朝七時からここにいた。九時までの通勤ラッシュは見落としがないか不安になったが、顔がふくよかな女にターゲットを絞ることで落ち着いて探すことができた。

もう三時間経ったが、諦めるつもりはなかった。怜奈がどこかに移動するためには、この駅を使う確率が一番高い。念のためショルダーバッグに、家で握ったおにぎりを入れてある。

――お願い、もう許して。

もう何度も見た動画を、改めて頭の中で再生する。左手にはＰＡＳＭＯ、右手には「シーブリーズ」が入った小瓶がある。今日を逃したら、一日でも遅くなったら、私は彼らを完全に巻き込んでしまう。

駅の壁時計が示す時間が、一分ずつ遅くなっていく。待ち合わせをしたわけでもないのに、三時間以上も待ちぼうけを食らっていると思うと少し苛立った。

駅に来る人をスキャンするように見ていると、ヴィ・ド・フランス側から見慣れた顔がやってきた。怜奈だった。今日もリクルートスーツを着て髪を一つに結び、黒いパンプスを履いている。

急がず、焦らずにコンビニを離れ、数人分遅れて改札を通った。尾行をするときは靴を見るといいと、誰かが言っていた。それを意識しながら、私は黒いパンプスが動く方に歩いていく。

娘が小学校に入る前、ハイキングに連れて行ったことを思い出した。夫と瑞樹と三人で、公園のハイキングコースを歩いた。夫が先陣を切り、私は娘の手を引いてその後を追いかけた。娘が不安そうに私の手を握る感覚は愛(いと)おしく、ずっとこの時間が続けばいいと思った。

あの日、夫の黒いシューズを見ながらただ足を前に進めたように、私は怜奈の黒いパンプスを見ながら淡々と足を進める。

ホームに上がると、怜奈は二番線側に立っていた。同じ車両に乗れるように場所を調整しながら、目を逸らしてたまに見やるというスタンスで、できるだけ周りの乗客と同じような動きができるように、アナウンスがあれば顔をあげ、反対側の電車が来ればそちらを見るようにした。

京成上野(うえの)方面の電車が到着した。怜奈が乗り込むのを確認し、私もそれに続いた。彼女の大学のある池袋に行くのであれば日暮里で降りるはずだから、およそ十五分は乗ったままだろう。

車内広告を凝視し、時々横目で怜奈を見た。無表情で窓の外を眺める怜奈にはきっと、もう友達はいないのだろう。

思わず睨んでいたことに気づき、英会話を始めるなら今、という広告の端から端までを読むことにした。

「次は、日暮里――」

何駅か止まったあと、ようやくそのアナウンスが聞こえた。直後に怜奈が鞄の中を確認したので、きっとここで降りるのだろう。

日暮里駅につき、怜奈の後ろを追いかける。このあとの動画のことを考える。日暮里駅か池袋駅なら池袋駅の方がいい。あっちにはたくさんカメラマンがいるはずだから、ここではまだ、実行しない。

京成線のホームを出て、何度か曲がって奥、十一番線に怜奈が向かった。やはり池袋に行くのだろう。

山手（やまのて）線に乗り込んで、私はショルダーバッグにPASMOを入れた。電車の揺れが少ない時を見計らって、小瓶をちゃんと開けられるかどうか確認する。右手にはネットで購入した安全手袋をつけているが、左手は素手なので無理なく開けられそうだった。

池袋についたが、怜奈は降りなかった。今日は大学のはずだが、どこか寄る場所があるのかもしれない。停車駅を示す液晶を眺める。この先だと高田馬場（たかだのばば）か新宿、それとも渋谷や原宿まで行くのだろうか。

怜奈は手元のスマホを操作しながら、時々液晶を見上げる。電車は駅をいくつか過ぎ、新宿に止まったところで怜奈が動き出したので私も降りる。

階段を降りる時には靴は見ることができないので、怜奈の頭頂部を見ていた。つむじが一つだけある。結んだ髪は黒光りしていて、娘が就活をしていたらこんな感じだったのだろうかとふと思った。

階段を降り、怜奈は東改札の方に向かった。私は歩みを早め、左手で小瓶を開ける。改札の直前でやっと追いつき、小瓶の蓋を持つ手で怜奈の肩を叩いた。

「お墓参り、行ったことある？」

無言で振り返る怜奈に声をかけながら、右手をゆっくり怜奈の顔に近づける。それからすぐに手首を返し、小瓶の中身を怜奈の頭頂部とおでこの辺りに一気に流した。

「……え？」

相手のとぼけた顔を見て、娘のことを思い出した。

――シーブリーズ持ってる？

そう聞かれて小さく頷くしかなかった、私の娘である舞璃花、いや、瑞樹のことを。

怜奈はすぐにうずくまり、うめき声を上げた。悲鳴を上げ慣れていない人間は、いざというときに声を上げることができない。小学生の頃、瑞樹と一緒に参加した防犯ワークショップでの講師の言葉だ。

　遅れて、怜奈は気づいたように大声を出した。

「痛い痛い痛い痛い痛い！　誰か！　このおばさんが！」

　周りにいた忙しそうなサラリーマンや、若い女の子たちがこちらをちらちらと見ている。私は本来、ここから逃げるべきなのだろう。一目散に逃げ出し、捕まらないように身を潜めるべきだ。

　だけど、私は。

　小瓶の蓋を閉め、安全手袋で持ち、私は怜奈に負けない大声を上げた。

「通行人の皆さん、私は今、中学時代に娘をいじめ続けた犯人である坂口怜奈に硫酸を……」

　思わず声が震えた。咳払い（せきばら）を小さくして、もう一度あたりを見回して息を吸う。

「坂口怜奈に硫酸をかけて、復讐を果たしました。私の勝手な行動でお騒がせしてしまい、申し訳ありません」

「いやあああ！　目が！　痛い！　誰か、誰か」

「通行人の皆さん」

　怜奈の声を押し除（の）けるように、同じ言葉を繰り返した。周りにいる人がこちらを見ている。大学生らしき若い男性が、スマホをこちらに向けたのが見えた。

──かーわーいーそーおー！

瑞樹にかけられた言葉が、まるで自分のトラウマのように、頭の中に反響している。しっかり動画に残るように、お腹に力を入れて声を出す。

「私は今、中学時代に娘をいじめ続けた犯人である坂口怜奈に硫酸をかけて復讐を果たしました！」

小さい頃、瑞樹はよく笑う子だった。

「坂口怜奈はK大学の四年生で、今就活をしています！

家族だけでなく、知らない人を見てもにっこり笑って挨拶するので、知らない人に連れて行かれないか心配になったくらいだ。

「私たちの娘を、娘の人生をめちゃくちゃにしたのに、のうのうと生きて、自分だけ幸せになろうとしているんです。私は絶対に……」

防犯ワークショップに参加したのも、誰にでも笑いかける明るさを心配したからだった。

「絶対に許せない。坂口怜奈のせいで、たった一人しかいない私の娘の人生は、めちゃくちゃになったんです！」

あの頃の明るかった瑞樹は戻ってこない。中学は一度行けなくなってから登校できず、高校だって不登校になり中退してしまった。外に出ると、怜奈に会ったらどうしようと思い、体が思うように動かないらしい。

「坂口怜奈はE中学で女子バスケットボール部の部長を務めていました」

誰かの笑い声が聞こえると自分が笑われていると思い、誰かの視線を感じると自分がどこかおかしいのではないかと思ってしまう。いじめられた記憶は、それだけ瑞樹の心の深い部分に巣食っている。

「ある日、練習終わりの更衣室で、娘は坂口怜奈とその友人に、頭からシーブリーズをかけられて、フケみたいだと笑われて、髪の毛を乱暴に掴まれて、娘がどれだけ泣いても、許してと言っても、彼女たちはそれをやめないどころか、その様子を動画で撮って笑っていた」

変わったのは、ＡＩＴｕｂｅｒとしての活動を始めてからだった。人との関わりを対面でなく持つ方法としてＹｏｕＴｕｂｅｒを見つけ、それとなく勧めてみたことがきっかけだった。

「娘は学校に行けなくなりました」

瑞樹は私が話をしてすぐに自分のアバターを作り、いつの間にか自分の声を元にした自動音声も作っていた。

「結局中学は行けずじまいで、なんとか進学した高校だって……」

続けていると、駅員が走ってくるのが見えた。

「痛い、痛い、ねえ、目が！」

うずくまって叫ぶ怜奈を見て見ぬふりをして、私は同じ内容を叫び続けた。駅員がすごい速さで走ってくるので、私は小瓶にまだ硫酸が入っているように振る舞い、言葉を口から出すことをやめなかった。

高校を中退して一年経った頃、怜奈を殺しても良いかと瑞樹が言った。その黒目は乾ききって光もなく、もう涙も出ないような様子だった。

——ねえ、良いでしょう？

しかし私は止めてしまった。今すぐにでも家を出ていきそうな瑞樹を、どうにかして止めないといけないと思った。

それに、私だってその頃は限界だった。瑞樹の将来を考えるだけで頭が痛いし、夫はそれを私のせいにしてくるし、親戚にどう説明したらいいのかわからない。怜奈を殺していいか聞いてきたとき、私はもう、これは病気のせいだと思いたかった。だから瑞樹を心療内科に連れて行こうとした。予約をして日時を決め、瑞樹が外に出なくて良いようにタクシーだって予約した。

なのに病院に行くはずだった日の朝、瑞樹はリストカットを始めた。自分の娘が自分の体を痛めつけながら泣いているのを見るのは耐えられなかった。私のせいだと思った。私があの日、あの子を認めてあげなかったから。私が、あの子の殺意を否定したから。

もう一度、瑞樹が殺したいと言い出したら、私はその殺意を肯定しないといけない。しかしその時、怜奈を殺すのは瑞樹であってはならないと思った。瑞樹の殺意を、私は認めなくてはならない。だけど怜奈のせいで瑞樹の人生がこれ以上めちゃくちゃになることを黙って見ていることはできない。

瑞樹が寝ている間に、勝手に瑞樹のスマホを見た。怜奈たちに瑞樹がシーブリーズをかけられる動画を見つけ、アシッドアタックを連想した。

怜奈を傷つけるなら、殺してはいけない。死んでしまったらそれ以上苦しむことはできない。決して殺さず、生かしたままで、一生苦しんでもらわないといけない。

検索すると、一〇%の硫酸は普通に手に入れることができた。硫酸は不揮発性なので保管して空気に混ざることもない。保管は食器棚の普段使わない場所にすれば良い。自分の部屋を持たない私にとって、隠し場所はそこしか思いつかなかった。

怪しまれないように、しかし危険なこともないように、希硫酸と一緒にガラス製の小瓶も買った。届いた希硫酸を小瓶に移し、食器棚の一番上の奥、正月のお節料理でしか使わない重箱の中に入れておいた。今後はお節料理を作るのをやめて、コンビニかどこかで注文すればいい。

殺意を日常で飼い慣らしながら、瑞樹がどうしたら前を向いてくれるのか、笑ってくれるのか、そんなことばかり考えていた。世の中には悪い人ばかりじゃなくて、優しい人もいるってことを、瑞樹に分かってほしかった。

そんな時に、ＹｏｕＴｕｂｅｒというものがあることを知って、瑞樹にそれとなく話してみたのだ。最初は、私がやってみたいけど無理よね、みたいな言い方で。だけど瑞樹は私が話をしてすぐに自分のアバターを作って、いつの間にか自分の声を元にした自動音声も作っていた。

顔を合わせないコミュニケーションが気楽だったのか、舞璃花は少しずつ人気になってきた。それと共に瑞樹も少しずつ元気になっているように見えた。だけど、瑞樹はまた、殺したいと言い出した。

今度こそ、瑞樹のことを止めないと決めたはずなのに、やっぱり駄目だった。だから私はとっさに言った。もっといい復讐の方法があるから、わざわざ殺す必要なんてないと。瑞樹が大学に進学していたら今頃就活の時期だと気づいて、怜奈の就活を妨害することを考えた。怜奈の母親とは読書サークルで一緒だったから、連絡網で自宅はわかっていた。だからストーキングして彼女がどの企業を受けるのかを特定して妨害すればいい。そのことを話したら、瑞樹が今回の計画を思いついた。復讐に協力してくれるファンがいるかもしれないと。ストーキングのことを鬼ごっこ、と瑞樹が呼び始めたのも、ちょうどこの頃だった。

ＡＩＴｕｂｅｒとしての活動が少しでも瑞樹の生きがいになればいい。ストーキングをしているうちに怜奈が私に気づいて謝ってくれたら、それだけでよかった。復讐屋の話を読書サークルでしたのも、母親に心当たりがあれば怜奈に伝えてくれて、反省してくれると思ったからだ。

だけど、怜奈は忘れていた。いじめて人生を破壊した子の親の顔を、もしかしたら瑞樹のことも。それがたまらなくなって、舞璃花を知っているかと聞いてしまった。

彼女の母親に読書会で紹介したのに。

その後アネが習慣通り無言電話をかけたのは想定外だったが、報告を受けるまで少しだけ、もしかしたら謝ってもらえるんじゃないかと期待していた。

――思い出したよ。あんた、安田瑞樹でしょ。

――さっきあんたの母親もいたよね。あんたたちは家族で私をストーキングしてきた。

――変なブログもＳＮＳも、全部あんたたちがやったんでしょ？　わかってるから。私の人生めちゃくちゃにして、タダで済むと思わないで。

――絶対許さないから、あんたたちのこと。

しかし、彼女は私たちに反撃しようとした。このままではカゾクを巻き込んでしまう。だけど瑞樹のことを思うと今更、復讐をやめることもできない。

食器棚に小瓶を入れてから、うちでは五回、お節料理を買って食べた。これを使わないといけない日が来るなんて、あの時の私は思っていただろうか。瑞樹を真剣に思っていることを自分にアピールしたくて買っただけで、実行するつもりなんて、その時は少しもなかったのではないだろうか。

カゾクの笑顔を思い出すことができないなと、ふと思った。私たちが会うのはファミレスか青砥駅の路上で、みんないつバレるのかという不安を胸に抱きながら行動している。そのため私たちが安らぐことなんてなく、四人で集まるときはいつだって緊張感があった。作戦に賛同してもらいたくて、私はいつもみんなを気にかけた。

私ができる復讐はもう、これしか考えられなかった。瑞樹のために、カゾクのために。

気づくと、駅員に小瓶を奪われていた。もう空っぽだったからどうでも良かったが、駅員がヒーローのような誇らしそうな目つきをしていたので、私は思わず舌打ちした。

「大人しくしろ、もう警察を呼んでるんだ」

「痛い、痛い！」

私を押さえる駅員の数は増えていき、私はゆっくりと深呼吸をした。

パパには今まで作ったサイトを全て非公開に切り替えるよう昨日頼んでおいた。みんなで集めた情報は、だんだん増えるスマホのカメラが、向こう側の人たちが勝手に広めてくれる。私はやることをやりきった。家族を、カゾクを守るために、できることを全部やった。

12.　　レイナ　七月

目が覚めた。正確には、私は目を瞑っていただけで眠っていなかったので、目をまた開けたというべきだろうか。今は何時なのだろう。電気がつかないと、時間が全くわからない。

事件から一か月が経ち、だけど私はまだ病院にいた。朝六時半、真っ白な部屋に無愛想な看護師が入ってくると、私の一日は始まる。逆に言うと、誰かが入ってこないことには、私は一人で一日を始めることすらできない。

あの日はお昼から面接だったので、新宿でルミネにでも行こうと思っていた。欲しかった新作アイシャドウの発売日だった。今となっては、瞼にアイシャドウなんて塗れる状態ではないし、そんなものをつけたってどこかに出かけることはできないが。

山手線の新宿駅で降り、東改札に向かった。改札の直前で、誰かが私の肩を叩いた。

「お墓参り、行ったことある？」

振り返るとほとんど同時に何か液体が自分の顔にかかったので、反射的に目を瞑った。頭を低くしないといけないと思い、その場でうずくまる。液体がかかった部分がだんだん熱くなり、痛くなり、何か危ないものをかけられたのだと気づく。

「痛い痛い痛い痛い……」

唸るように、だけど大きな声で、駅員か誰かに助けを求めた。相手の顔も見ることができなかった。

それから、女の声がした。

「通行人の皆さん、私は今、中学時代に娘をいじめ続けた犯人である坂口怜奈に硫酸を、坂口怜奈に硫酸をかけて、復讐を果たしました。私の勝手な行動でお騒がせしてしまい、申し訳ありません」

一瞬、本当に意味がわからなくて、すぐに瑞樹の母親だと思った。しかし声の主がわかっても自分の状況がまるで掴めず、どういうこと、と唇だけを動かす。それから目に激痛が走り、思わず叫んでしまう。

「いやあああ！　目が！　痛い！　誰か、誰か」

「通行人の皆さん」

女の声が響く駅で、私は目を閉じている。今ここで何が起きていて、私はこれからどうなるのか、それが少しも予想できないことが恐ろしくて、浅く息をするので精一杯だった。

「私は今、中学時代に娘をいじめ続けた犯人である坂口怜奈に硫酸をかけて復讐を果たしました！」

同じことを繰り返す女に、助けてよ、と小さく呟く。

「坂口怜奈はK大学の四年生で、今就活をしています！　私たちの娘を、娘の人生をめちゃくちゃにしたのに、のうのうと生きて、自分だけ幸せになろうとしているんです。私は絶対に、絶対に許せない。坂口怜奈のせいで、たった一人しかいない私の娘の人生は、めちゃくちゃになったんです！」

　ここまで聞いて、私はあのブログもこの女が書いたのだと確信した。私の生活をめちゃくちゃにした犯人が、本人の口から明かされたようなものだった。

「坂口怜奈はE中学で女子バスケットボール部の部長を務めていました。ある日、練習終わりの更衣室で、娘は坂口怜奈とその友人に、頭からシーブリーズをかけられて、フケみたいだと笑われて、髪の毛を乱暴に掴まれて、娘がどれだけ泣いても、許してと言っても、彼女たちはそれをやめないどころか、その様子を動画で撮って笑っていた。娘は学校に行けなくなりました。結局中学は行けずじまいで、なんとか進学した高校だって……」

　助けて、と言い続けていると、誰かがこちらに走ってくる音がした。

「痛い、痛い、ねえ、目が！」

　音がする方に手を伸ばす。女は何か叫ぶのをやめず、どうしましたかと聞く声に、私は必死で危険を訴えた。

「水を、水をください」

「水ですね、ちょっと待っててください！」

飲みたいわけでもないのに水を頼んだのは初めてのことだった。人の走って行く音がして、私は自分の顔の熱さを思った。何をかけられたのか正確にはわからないけれど、とにかく自分がとても危険な目に遭っているのだと直感した。

しばらくして、水を持ってきましたという声がした。通行人なのか駅員なのかすら、よくわからない。

「かけて、頭からかけて！」

必死で訴えるとつむじに冷たい感覚があった。チョロチョロとかけられた水で頭が冷え、前髪はお風呂上がりのようにびしょびしょに濡れておでこに張り付いている。

「薬品だ」

「バケツに水持ってこい」

「大人しくしろ、もう警察を呼んでるんだ」

そんな声が響いたが、もう何が何だかわからなかった。

「痛い、痛い！」

子供のように同じ言葉を繰り返していると、また別の人の走る音が聞こえた。先に来たのが警察で、私は後に来た救急車に運ばれて、そのまま入院することになった。

事件の日にコンタクトを使っていたせいで、右目は今後一生医療用コンタクトレンズを使わなくてはならないかもしれないらしい。それでも、視力が安定するかどうかは保証できないという。頭皮の皮膚はただれ、首から肩にかけては火傷になっているらしい。とてもじゃないけどこのまま面接を受けることなんてできない。

そういえば、あの日の面接を受けられなくなったと連絡するのを忘れていた。しかしいまだに連絡もないので、無断で休んだ時点で不採用ということだろう。

就活のことを久しぶりに思い出した。ここ一か月は警察の人に話をしたり、医者に今後の治療方針を伝えられてよくわからないまま頷いたり、そんなことばかりであっという間に終わってしまった。

大学だってもちろん行けていない。教務課に相談はしていないけれど、きっと留年することになるのだろう。私はちゃんと大学に戻って、どこかの会社に就職することができるのだろうか。

犯人である安田凛子、瑞樹の母親は現行犯逮捕されたと聞いた。警察の人に写真を見せられて、覚えがありますかと聞かれたのを思い出す。彼女は傷害罪に問われるそうだから、長くても懲役十五年らしい。こちらの人生をめちゃくちゃにしておいて、ただのケガと扱いが同じだなんて。

もう事件から一か月が経ち、犯人だって逮捕されたが、私の心が安らぐことはなかった。

安田凛子の起こした事件は「硫酸ぶっかけ事件」としてネットで話題になっていた。私がうずくまる映像はネット上に溢れ、安田凛子が叫んだ私の個人情報だって、面白おかしく脚色されながら押し寄せる。そのことを知ったのは、事件から三週間が経ってようやく、スマホを見ることができるまで回復した頃だった。

自分の名前を検索すると、あのブログなんて気にならないくらいに大量の悪口が当たり前のように並ぶ。小学校、中学校、高校と、卒業アルバムの写真が漏れなく流出し、私がいじめをしていたのを見たという同級生の証言が後を絶たない。酔っ払ってピースをしている写真には当時十八歳と注釈がつけられ、未成年飲酒だと罵られる。未成年のうちにお酒を飲んだのは本当のことだったが、その飲み会にいた他の同級生だって、当たり前のように飲んでいたのに。

ブスとかデブとか性格悪いとか人間の屑(くず)だとか、私を形容する言葉は日々増え続けた。ネットにいる人たちは、相手がいじめっ子だとわかると、いくら叩いてもいいと判断して容赦なく言葉の暴力を浴びせる。

きっと彼らに見えているのは私の顔ではなく、それぞれの心の中のいじめっ子なのだろう。そんなんだからいじめられるんだよと虚勢を張る気力なんて、もう残っていなかった。

　ＬＩＮＥの通知は増え続けている。咲子やすみれだって、大丈夫？　と送って来た。しかし咲子と一緒に参加した飲み会の写真が流出しているとなると、このＬＩＮＥも心配するふりをして何か情報を得ようとしているのではないかと疑ってしまい、既読をつけることすらできない。

　他にも久しく連絡をとっていない同級生から心配のメッセージが届いていた。こんなにたくさんの人からＬＩＮＥが来るなんて元旦みたいだと思い、そんなどうでもいいことを話して笑ってくれる相手が一人もいないと気づいた。彼らが連絡をよこしたのもマスコミやネットに情報を流すためなのだろうと思うと、もう誰にも何も送りたくなかった。

　家族は一度もお見舞いに来てくれていない。理由をこちらから聞くことはなかったが、自宅付近にマスコミやカメラを持った一般人が押し寄せるせいでそれどころではなく、父親が仕事に出かけるだけで一苦労だと母親からＬＩＮＥが来ていた。なんて返せばいいかわからず、既読を付けただけだった。

　私の目は開いたまま、今日も眠ることができなかった。外が明るくなっていくのが気配でわかり、まばたきをするとガラガラ、とドアを開ける音がした。

「おはようございます」

無愛想な看護師が入ってくる。カーテンを開け、お変わりないですか、と事務的に尋ねられたので無言で頷く。

検温と採血を済ませてから、いつもと同じような質問をされ、いつもと同じように答える。睡眠時間を聞かれて、眠れていますと嘘をついた。手のかかる患者だと、これ以上疎ましがられるのが嫌だった。

「ガーゼ替えますね」

そう言われて入院着のリボンを解いて肩を出す。知らない人の前で無防備な下着姿になることへの抵抗はあっという間になくなった。

ガーゼのテープを剥がす時、少しだけ痛みが走ったが、そんなことは言えない。この看護師も家に帰ってからネットで私のことを悪く書き込んでいるんじゃないだろうか。そんな想像を毎回してしまうので、私はここで、誰にも弱音を吐かずに生きているのだ。

あの事件以降、私は人と目を合わせることができていない。警察の人も病院の人も、どこかで私を責めている気がして、自業自得だと思われている気がして、私はいつもおどおどと、自分の手のあたりで目を泳がせている。

看護師が出て行った病室はいつもよりも広く感じられ、息を何度かに分けて吸って、まとめて吐いてから、右目だけ涙を流していることに気づき、そっと指で拭った。

エピローグ

13.

アネ　七月

　いつもと同じデニーズで、いつもと同じメニューを囲み、いつもより一人少ない三人で、私たちは黙っていた。ミックスグリルはすでに冷め始めているが、オトウトもパパも、手を動かさない。

　スマホを操作し、私は何度も読んだニュース記事を開く。ボックス席の向こう側に座る二人にも見えるように画面を回転させ、私はスマホを仰向けに置いた。

「ママだよね」

　オトウトは画面を覗くふりをして、パパは逆に少し画面から遠ざかった。画面に映る女の下には「安田凛子容疑者」と書かれていて、呆然(ぼうぜん)としたような表情は、この犯行をなんとも思っていない冷たさを滲ませていると、何処かのコメンテーターが話していた。

　——あんた、安田瑞樹でしょ。

　レイナさんの声が、頭の後ろの方でキリキリと響く。レイナさんにいじめられた相手が舞璃花で、舞璃花の本名は安田瑞樹。だとしたら私たちが会っていたママは、舞璃花の母親だったということになる。事件があってから、二人に会いませんかと言って今日を迎えるまで、一週間も経ってしまった。

　舞璃花とは事件以来、連絡を取れていなかった。Ｔｗｉｔｔｅｒでしばらくお休みしますと告知があり、それから配信はもちろんＬＩＮＥも繋がらない状況だった。

　しかしママの発言でわかった舞璃花の半生によって、いろいろなことが腑に落ちた。高卒認定試験受けたら、とアドバイスしてくれたのは、自分が外に出られずに、受験すらままならない状態だったから。私に声をかけたのはきっと私が不登校だったからで、ＬＩＮＥの文章と実際のテンションにギャップがあるオトウトも、大人なのに平日も出てこれるパパも、平日休みでない限り、きっと何か事情があるのだろう。

「事件の前日、ママさんに言われたんです」

　パパが唐突に口を開き、私は目を合わせる。

「今まで作ったサイトは非公開に、アカウントは全て削除するように、と」

「だ、だから、どこにもなくなってたんですか」

　黙って頷くパパと、それを見ている私たちは今、周りからどう見えているのだろう。ドリンクバーコーナーで誰かの赤ちゃんが泣き始めて、ごめんねえ、と母親の甘ったるい声が聞こえてくる。

「でもなんで、いきなりこんなこと」

パパの目は暗く、ママよりもよっぽど犯人のような顔つきに見える。

「確かに、なんでいきなり」

事件の前の日を思い出す。ママがパパに、サイトとアカウントを消してと伝えた日。

あの日はいつものように鬼ごっこをして、ママがレイナさんに何か話しかけていた。

「あ、あの日、レイナさんと会話してしまったから？」

「元々あの日に実行するつもりだった可能性もあると思うのですが如何でしょうか」

お互いの話を聞いているのかいないのか、どんどん推測を出す二人をうまく捌(さば)けない。

「そういえば夜、レイナさんに無言電話をかけていましたね」

パパと目が合い、私は頷く。

「いつも通りの習慣だったし、何も考えずにかけちゃった」

「そ、それ自体はいいと思いますけど」

「その日は確か相手が何か言ってきたと記憶していますが」

「うん。LINEで送った通り」

私はレイナさんに電話で言われた内容をできるだけ正確にメモに起こしてグループ

に送った。

——あんた、安田瑞樹でしょ。

——さっきあんたの母親もいたよね。あんたたちは家族で私をストーキングしてきた。

——変なブログもSNSも、全部あんたたちがやったんでしょ？　わかってるから。私の人生めちゃくちゃにして、タダで済むと思わないで。

——絶対に許さないから、あんたたちのこと。

みんなでグループのチャット履歴を確認する。ママは事件当日の朝、舞璃花と共にこのグループから退会していた。今となっては三人だけのカゾクLINEだ。

「ゆ、許さないから、って」

そこまで言って、オトウトは黙ってしまった。引き取るようにパパが続けた。

「相手に復讐の意図があるということかと思うのですが」

「復讐？」

「ええ、僕たちがやっているのと同じ復讐です」

「復讐の復讐ってこと？」

「まあ正確な意図はわかりませんが、レイナさんにそういう気持ちが芽生えたとママさんが思っても無理ないのかもしれません」

「あいつの反撃が来るって思ったってこと？」

「はい」

　パパの顔を見て、私は急に理解した。

　ママはレイナさんの反撃が来る前に、罪を背負うことに決めたのだ。私たちを巻き込まず、たった一人で。

「じゃあ」

　そう言って、少しだけ息を吸う。息を吐いて、その残りかすみたいな空気で、声帯を震わせた。

「……私のせいじゃん」

　私がそう言うと、二人はすっかり黙ってしまった。私が電話をかけなければ、かけたとしてもすぐ切れば、何か言われたとしても報告しなければ、ママは今回の事件を起こさなかったということだ。

「せっかく、家族になれたと思ったのに」

　今まで、どこにも居場所がなかった。学校に居場所がなくてやめたが、家だって私の居場所じゃなかった。カゾクで鬼ごっこをしている時だけ、私は私の役割があった。居場所というのはつまり自分のやるべきことがあるということで、ママがいなくなったら、カゾクがなくなったら、私はまた、居場所を失うのだ。

ママに会いたい。私たちは三人では全然だめなのだ。四人いないと、カゾクじゃないと、いつもみたいなリズムで会話ができない。

「会いたいよ」

「え？」

「ママに会いたい……」

机を眺めていたので顔も見れないが、二人が困っていることは雰囲気で分かった。

ママはきっと、これから法で裁かれる。娘のいじめの復讐をしただけなのに、大人達に罰せられるのだ。

どうしていじめは、法で裁かれないのだろう。傍観する友達も先生も学校も教育委員会も、いじめはなかったもののように扱う。そうして何年か経てば、あの頃のことは許してあげて、真っ当に生きることを強いられる。だけど、いじめられてできた傷は、消えることとなんてない。だから大人になっても私たちは結局、過去のいじめで苦しみ続ける。治りかけの風邪がぶり返すみたいに、忘れかけた記憶が急に蘇ってしまう。それでも、忘れろと言うのだろうか。許してやれと言うのだろうか。過去のことを許してあげることのできない私たちの責任とでも言うのだろうか。

私は、誰かをいじめる人を、許すことなんてできない。それが、自分をいじめた人ではなかったのだとしても。

だけど――。

自分達もレイナさんに復讐をしたのだと、私たちが名乗りをあげることはないのだろう。だってそれはママの決意を、思いを全部、踏み躙ることになるから。

「出ましょうか」

パパが暗い顔で言って、お会計を払ってくれた。いつもはママと二人で払ってくれるから、なんだか新鮮な気持ちだった。そう言って茶化す気分でもなかったので、私もオトウトも黙って奢ってもらった。

階段を降りて駅に向かって歩く途中、この三人で会うことなんてもうないのだろうと思った。私を先頭にして二人がついてくるように、何も話すことなく歩いていく。

JRの改札で立ち止まり、二人の方に振り向いた。

「また会えますか。四人で」

パパとオトウトは困ったように黙り、俯き、だけどそれから無言で頷いた。

「じゃあ、また」

そう言って、私は二人に手を振った。誰かに手を振る習慣なんてなさそうな二人は照れたように手をゆっくりあげ、ひらひらと左右に動かした。

背を向けて改札を通り、階段を上がると、電車がちょうど来ていた。発車メロディが鳴り終わる前に滑り込むように乗車した私は、池袋駅が遠くなっていくのを、ドアの窓からじっと眺めていた。

（了）

本作は書き下ろしです。
本作品はフィクションです。実際の人物や団体、地域とは一切関係ありません。

血濡れの狂気に震える、壮絶サバイバルホラー！

イラスト：大前壽生　ＴＯ文庫

TO文庫

舞璃花の鬼ごっこ

2023年3月1日　第1刷発行

著　者　真下みこと

発行者　本田武市

発行所　TOブックス
〒150-0002 東京都渋谷区渋谷三丁目1番1号
PMO渋谷Ⅱ　11階
電話 0120-933-772（営業フリーダイヤル）
FAX 050-3156-0508

フォーマットデザイン　金澤浩二
本文データ製作　TOブックスデザイン室
印刷・製本　中央精版印刷株式会社

Printed in Japan ISBN978-4-86699-790-2